CELUI QUI AVANCE AVEC LA MORT DANS SA POCHE

DE LA MÊME AUTEURE

CHEZ D'AUTRES ÉDITEURS
Jamais plus les chevaux, roman jeunesse, Montréal,
Fides, 1981, 238 pages (Coll. « Intermondes »)
Les crimes des moutons, roman, Baixas, Balzac Éditeur,
2001, 220 pages (Coll. « Autres rives »)

CLAUDETTE BOUCHER

Celui qui avance avec la mort dans sa poche

Roman

Collection ertiges

LES ÉDITIONS
L'INTERLIGNE

Catalogage avant publication de Bibliothèque et Archives Canada

Boucher, Claudette, auteure
    Celui qui avance avec la mort dans sa poche : roman / Claudette Boucher.

(Collection Vertiges)
Publié en formats imprimé(s) et électronique(s).
ISBN 978-2-89699-575-2 (couverture souple).--ISBN 978-2-89699-576-9 (PDF).--ISBN 978-2-89699-577-6 (EPUB)

    I. Titre. II. Collection : Collection Vertiges

PS8553.O78C45 2017   C843'.54   C2017-905938-6
                                               C2017-905939-4

Les Éditions L'Interligne
435, rue Donald, bureau 117
Ottawa (Ontario) K1K 4X5
Tél. : 613 748-0850/Téléc. : 613 748-0852
Adresse courriel : communication@interligne.ca
www.interligne.ca

Distribution : Diffusion Prologue inc.

ISBN 978-2-89699-575-2
© Claudette BOUCHER et LES ÉDITIONS L'INTERLIGNE
Dépôt légal : 4e trimestre de 2017
Bibliothèque nationale du Canada
Tous droits réservés pour tous pays

Pour Maggie, Janin, Cajetan, Ghislain, Pâquerette, Rob,
Agathe et Cécile toujours

« *Tu connais cet endroit entre le sommeil et l'éveil, cet endroit où tu te souviens encore que tu peux rêver ? C'est exactement là où je t'aimerai toujours. C'est là où je t'attendrai.* »

Extrait du film *Peter Pan*

J'aimerais particulièrement remercier mon informaticien chevronné, mon premier lecteur, mon ange de patience, j'ai nommé René.

Merci à Michel-Rémi Lafond, directeur de la collection Vertiges, le premier à jeter un regard d'intérêt sur mon travail.

Merci également à Jacques Côté, cet œil de lynx à qui rien n'échappe lorsqu'il s'agit de polir la phrase.

Merci à Suzanne Richard Muir, directrice et rédactrice en chef aux Éditons L'Interligne, qui s'est toujours montrée une interlocutrice hors pair, généreuse de son temps et avec qui travailler a été un privilège.

Enfin, merci à l'humble et saint portier de l'Oratoire Saint-Joseph du Mont-Royal, pour lequel j'ai une pensée tous les jours.

Stanstead, 15 juillet

LE FILET D'EAU, MÊME TIÉDASSE, lui fit un bien immense. Elle le laissa couler sur sa nuque, ensuite sur ses jambes avant de faire un geste. Puis, elle se frictionna vigoureusement les épaules, et aussi loin qu'elle le pouvait dans le dos, avant de déposer dans la paume de sa main une bonne quantité de shampoing avec lequel elle se massa énergiquement le cuir chevelu.

– T'es revenu, Pierre-Benoît ? lança-t-elle en direction de la salle, dans le vacarme du sèche-mains qui venait d'être remis en marche. T'as changé d'idée ?

Se rinçant les cheveux, elle l'imagina nu, le sexe minuscule, reportant le moment d'affronter les courants d'air frais de la salle et son frigorifique plancher de ciment. Un sourire au coin des lèvres, elle glissa sa tête ruisselante par la fente laissée entre le rideau et la cloison de céramique de la douche.

Une partie du shampoing naturel lui dégoulinant dans les yeux, ce fut dans une sorte de demi-brouillard qu'elle l'aperçut. Et, bêtement, bien avant que le cri ne franchisse ses lèvres, ce fut sur la main gantée, tenant son soutien-gorge et sa petite culotte, que son cerveau tétanisé s'arrêta.

Quand le regard, derrière le passe-montagne, croisa le sien, la lame sifflante était déjà fichée dans sa chair.

1

Sherbrooke, 16 juillet

ADOSSÉ À DEUX RIVIÈRES, coin Dufferin et Frontenac, le Central de police est, dans le paysage urbain, une masse informe aussi esthétique qu'un cube que l'on atteint après avoir traversé un large *parking*, escaladé une série de marches raides et franchi une double porte vitrée. Au-delà d'un poste d'accueil, protégé par un Plexiglas résistant, d'interminables couloirs aboutissent au QG des policiers en uniforme – le poste 441 – et, plus loin, à une autre unité au sein de laquelle une poignée d'enquêteurs se partagent quelques mètres carrés d'un local étroit et encombré, tapissé des cartes de la ville.

Sous les puissants néons de la salle, après avoir consulté sa montre, le policier allait ramener vers lui sa chaise quand une note, fixée à sa lampe, retint son mouvement : l'écriture ample et lisible du patron, d'habitude en pattes de mouche, témoignait d'une urgence.

– Une sale affaire, prévint le chef dès l'entrée dans la pièce de son second, à qui il désigna un siège.

Comme deux autres parfaitement identiques, le fauteuil à roulettes indiqué faisait face à son bureau.

– La victime, annonça-t-il, s'appelle Sophie Plourde. Vingt-sept ans. Agente d'artistes. Originaire de Trois-Rivières, elle accompagnait dans la région son mari, Pierre-Benoît Lemaire, un photographe ornithologue professionnel. Son corps a été découvert, hier, par la propriétaire du *Jardin du petit pont de bois*, à Stanstead, où le couple s'était installé, l'endroit étant, paraît-il, le paradis des observateurs d'oiseaux. C'est exact ?

– Rien de plus vrai, confirma celui qui, depuis son incorporation à l'unité des enquêteurs, faisait les frais des plaisanteries de ses collègues, ceux-ci prétendant qu'il pourrait oublier son arme de service, jamais ses jumelles.

– Pour commettre son crime, autour de 21 h 30 hier, le meurtrier a utilisé un couteau de chasse classique. Jusqu'à présent il reste introuvable. À moins de mettre la main dessus en fouillant la rivière Tomifobia qui coule derrière le *Jardin du petit pont de bois*. L'unique coup à l'arme blanche, précis, puissant, a été porté dans la région cervicale. Il a provoqué une hémorragie massive, fatale pour la jeune femme qui souffrait d'hémophilie.

– Je croyais, allégua l'adjoint du capitaine, que c'était uniquement les hommes qui présentaient les symptômes graves de cette maladie.

Son supérieur lut ce que lui avait appris le légiste.

– « *Génétiquement, l'hémophilie se situe sur le chromosome sexuel X. Les hommes n'ayant qu'un seul X, s'ils portent le gène, l'expriment forcément intégralement. Les femmes, elles, ont deux chromosomes X. Une femme qui aurait un chromosome porteur du gène et un chromosome sain, verrait donc celui-ci compenser le déficit du chromosome atteint. Toutefois, il arrive que le chromosome sain ne compense pas parfaitement le déficit. Le gène de l'hémophilie s'exprime donc partiellement.* »

Il ajouta que, selon le médecin, si Sophie Plourde n'avait pas eu « *ce taux abaissé de facteur de coagulation* », elle aurait pu survive à ses blessures.

— Son meurtrier le savait, tu penses ?

— Je me suis posé la même question, répondit le chef poussant, en direction de son adjoint, deux séries de photos numérotées.

La première reprenait, sous différents angles, l'effroyable gâchis de la mort et montrait un corps nu de femme ; la seconde succession de clichés cadrait les derniers témoins « parlants » de la scène de crime : des produits pour la toilette, des alliances, une montre Pierre Laurent, une chaîne en or avec un rubis, un sac à main griffé Falabella, de Stella McCartney.

— Et des tampons hygiéniques, indiqua le chef de son index.

— Pourquoi autant, à ton avis ? demanda l'enquêteur.

Il en avait répertorié une dizaine.

— Et regarde comment ils sont placés.

Parfaitement alignés. En rang d'oignons sur le banc de bois précédant la douche, contrairement aux shampoing, serviette, pierre ponce et bijoux lancés d'un côté et de l'autre du sac Falabella bleu électrique.

— Tu as une suggestion pour expliquer la chose ? demanda l'enquêteur.

— Pas vraiment, admit le chef.

Tendant le bras, son subordonné lui rendit, au même moment, les photos.

— En supposant, suggéra-t-il, que l'assassin ait fouillé lui-même dans le sac à main et en ait extrait son contenu, indifférent à des bijoux de prix, qu'est-ce qu'il cherchait, tu penses ?

Ils énumérèrent une arme, de la drogue. Ils suggérèrent aussi un papier compromettant, un document important.

– Si tu penses, intervint le capitaine, comme je l'ai fait, aux passeports : ils n'ont pas bougé de la *cabin* occupée par le couple.

– Mais ça, l'assassin ne pouvait pas le savoir.

– En effet ! approuva le chef.

L'examen gynécologique post mortem révélait que la jeune femme avait eu une relation sexuelle – une pénétration vaginale – non protégée, pour laquelle l'hypothèse du viol était écartée. Dans le cas d'un rapport sexuel infligé sous contrainte, donc sans orgasme, il faut six heures aux cellules mâles pour se propager. Or, le médecin mentionnait qu'il avait commencé l'examen du corps moins de trois heures après son arrivée à la morgue et, à ce moment-là, les spermatozoïdes avaient déjà commencé à se répandre.

– Une trace laissée, selon toute probabilité, par l'arme du crime a été trouvée au cours de l'autopsie : il s'agirait de cire d'abeille.

Resté un moment suspendu dans les airs, le crayon de l'enquêteur reprit sa course.

– Ma mère, dit-il en même temps qu'il griffonnait l'information dans son carnet, à une certaine époque, s'en servait pour s'épiler les jambes.

– Et la mienne, lui retourna son chef, depuis plus de cinquante ans, n'a rien trouvé de mieux pour faire reluire ses meubles.

Quant à la recherche qu'il avait effectuée sur le produit, elle lui avait permis d'apprendre que, aussi incontournable que le bicarbonate de soude ou le vinaigre blanc, la cire d'abeille a 300 usages possibles.

– Selon le mari…

Le capitaine présentait, à ce moment, un feuillet, ensaché par la Régie de police de Memphrémagog (RPM).

– Selon le mari, l'écriture qui apparaît sur cette note serait celle de sa femme. Le prénom Laura désignerait la propriétaire d'un resto avec laquelle la victime a sympathisé, Véro serait sa sœur jumelle, alors que *Didier* ferait référence à l'ancien agent artistique du mari. Quant à *Hugo*, mystère total, tout autant que le barbouillage qui suit le prénom, mais les petits génies du labo se penchent déjà dessus.

Il ajouta que les entrailles de l'ordinateur Apple, ainsi que les centaines d'appels comptabilisés par l'iPhone de la victime, allaient subir le même traitement.

– Sur notre compte Twitter, poursuivit-il, j'ai lancé un appel à l'intention des automobilistes, des excursionnistes, des campeurs, des pêcheurs et des amateurs de jogging qui se seraient retrouvés dans les environs du *Jardin du petit pont de bois*, hier. Le message sera repris par les stations de radio, les chaînes de télévision et les journaux. Pendant que tes collègues vont, comme toi, comme moi, chercher à comprendre le fin mot de ce crime d'une rare brutalité, les agents du poste 441, déjà sur le terrain, frappent aux portes du voisinage du *Jardin du petit pont de bois*. Snacks, bars, stations-service ouverts tard hier soir seront visités pour recueillir ce que le personnel et la clientèle de ces endroits auraient pu remarquer.

Soufflant par intermittence sur sa tasse afin d'en refroidir le contenu, il interrompit son exposé pour demander à son adjoint s'il avait des questions.

– Pas d'empreintes valables ?

Le capitaine expliqua que tout ce qu'on était en mesure d'affirmer, pour le moment, se résumait à des traces retrouvées dans la salle commune des douches trop floues pour être exploitées, conséquence des abrasifs et détergents employés au *Jardin du petit pont de bois*.

— Dans mon souvenir, reprit l'enquêteur, le *Jardin du petit pont de bois* ne dispose pas de caméras de surveillance. C'est toujours le cas ?

— Malheureusement oui !

Le responsable de l'unité des enquêteurs refermait, au même moment, une chemise à couverture rigide sur laquelle il jucha le DVD de la scène de crime avant de tendre le tout à son adjoint, déjà debout.

— Minute ! le retint-il.

Après en avoir fait part aux autres quelques heures plus tôt, il lui annonça qu'un membre de la Section des crimes majeurs du Service de police de la Ville de Montréal allait, dans le cadre du dossier, se joindre à leur unité de travail.

— Les crimes majeurs de Montréal ! s'exclama l'enquêteur. Comment ça ? La victime est la fille d'un gros bonnet ou quoi ?

Masquant son regard, un rayon de soleil vint se refléter dans les lunettes du responsable du Bureau des enquêteurs lorsqu'il expliqua que, selon leur hiérarchie, la présence de cet officier se justifiait par un désir « d'assurer des résultats optimaux ».

— Parce que ce n'est pas ça qu'on vise, nous ? protesta l'autre.

Le capitaine prit une gorgée de café, ce qui le dispensa de répondre.

— Quand ? voulut savoir son subordonné la main sur la poignée de porte.

La réponse « Aujourd'hui même » fut suivie d'une autre réplique mordante :

— La confiance règne !

— Écoute, Adam, c'est peut-être naïf de ma part, résista son chef, mais je vois, moi, dans cette… offre de collaboration le début d'une bonne intention.

– Du genre de celles dont l'enfer est pavé ?

Une fois le bureau de son supérieur dans son dos, Adam Kovac qui, d'habitude, ne levait pas le nez sur les matins lumineux, rata celui léchant les immeubles visibles par une fenêtre du coin-cuisine. Cependant, dès que la vidéo tournée, la veille, au *Jardin du petit pont de bois* fut glissée dans le lecteur de DVD, tout ce qui n'avait pas un lien avec un toit de tôle et des murs de béton peints en blanc perdit peu à peu de sa substance.

Dans le souvenir qu'il gardait du bâtiment des douches du *Jardin du petit pont de bois*, la bâtisse comptait deux portes. Celle de l'angle nord bénéficiait d'un trottoir de pierre, sa voisine se contentant d'un sentier de terre battue. Il s'apprêtait à reproduire le duo dans son calepin quand, aussi mystérieux que les ténèbres dont il aime s'envelopper, le chant d'un grand-duc se fit entendre, superposé à un son, une espèce de bourdonnement d'insecte parasitant la nuit. Augmentant le volume, il réécouta le segment. Cette seconde audition lui fit éliminer l'hypothèse qu'il avait d'abord envisagée : l'heure tardive à laquelle les événements avaient été enregistrés rendait improbable l'idée que le son provienne d'un appareil de jardinier, tel un taille-haie.

Coiffé d'un casque audio, il repassa des dizaines de fois l'extrait. Au bout de l'exercice, son ouïe saturée ne distinguait plus rien, et il n'avait toujours retenu aucune explication satisfaisante. Inscrivant une note visant à se rappeler de soumettre le segment à l'expertise de spécialistes, il reporta son regard en direction de l'écran de son ordinateur de bureau. Il fit alors connaissance avec l'intérieur du bâtiment des douches du *Jardin du petit pont de bois* : une grande salle aux murs nus, mis à part un miroir dépoli dans lequel se reflétaient les cloisons de céramique et les rideaux de huit cabines de douche.

Pour la deuxième unité, positionnée à droite d'une fenêtre grillagée, ce qui heurtait en premier l'esprit c'était, semblant dégouliner des murs, la quantité prodigieuse de sang que l'œil y découvrait. Et dans toutes les nuances.

Franc, clair, vif, à la hauteur de la chair du cou, charcuté à l'arme tranchante. Écarlate sur deux délicats seins ayant conservé dans la mort leur forme parfaite, avant de s'assombrir sur les gants de caoutchouc de l'examinateur médical et d'apparaître, presque noir, dans le méli-mélo des longs cheveux mouillés.

Seuls territoires épargnés par la mort rouge : le visage d'une blancheur de craie et l'œil bleu cobalt. Entré, celui-là, grand ouvert dans la mort, son insoutenable fixité témoignait d'une terreur sans nom.

2

Stanstead (fusion des villages de Rock Island, Beebe et Stanstead Plain) est à cheval sur la frontière canado-américaine. Et, fait unique au monde, ce n'est ni une rivière, ni une montagne, ni même une barrière qui fixe les limites territoriales respectives des deux nations, mais un trait, tracé au sol.

Une ligne. Jaune.

Si peu dissuasive que, côté canadien, en raison du manque de fermeté à la défendre, notre frontière a mérité, de la part des redoutables agents de la U.S. Border Patrol (acharnés à verrouiller la leur), le titre peu enviable de véritable passoire.

— C'est pour déjeuner ?

Le *Café de la gare* à Stanstead était le dernier endroit public connu fréquenté par Sophie Plourde avant sa mort. Gai papier peint aux murs, stores vénitiens gris pâle agencés au parquet, dès l'entrée un exquis parfum, rappelant un sous-bois de fougères, saluait le client.

— Plutôt pour ça.

D'un geste sûr, elle fit glisser sur le comptoir en *U* sa carte de police, à laquelle elle joignit une photo de Sophie Plourde. Le rouquin à casquette, son interlocuteur, interrompit son geste en direction d'une collection de trophées de base-ball, avant de jeter un regard au cliché, bientôt suivi d'un signe de tête négatif.

– C'est ma première journée, vous comprenez ?

– Y a quelqu'un de plus ancien que vous ici ? lui retourna l'enquêtrice tandis qu'un début de sourire creusait sur sa joue droite une fossette.

– La femme là-bas, indiqua-t-il. (*Il montra de l'index une silhouette à l'extrémité de la salle.*) C'est Laura, la patronne, ajouta le garçon, qui ne croisait le regard de sa brune interlocutrice qu'en levant la tête.

Laura Ross, dont Sophie Plourde, d'une écriture soignée, avait tracé le prénom sur un feuillet extrait de son sac à main, était une trentenaire à la peau dorée et aux traits réguliers. Vêtue d'un haut droit de couleur pervenche, superposé à un pantalon ample de même couleur, l'élément le plus singulier de son visage sérieux était un *piercing bridge* : de chaque côté du nez, à la hauteur d'une paire d'yeux vifs, deux fines perles.

N'ayant pas lu les journaux, elle apprit à froid l'annonce de la mort violente de la jeune Trifluvienne.

– Quand avez-vous vu Sophie pour la dernière fois, Laura ?

– Elle est arrivée ici, hier, aux alentours de 9 heures. Ensuite…

Trois faux départs et une bonne demi-minute de silence avant de réussir à articuler :

– Ensuite, elle est repartie vers le *Jardin du petit pont de bois*. Il était, à ce moment-là, un peu passé midi. Et aujourd'hui… Aujourd'hui, elle devait venir chez moi.

– C'était dans ses habitudes ?

– Ç'aurait été la première fois.

– Pour une raison particulière ?

– Je voulais lui présenter mes teckels miniatures... Le plus déluré de la portée, Sophie ne le savait pas, mais je voulais... Je comptais le lui offrir.

Encore une chose, se dit la policière, que Sophie Plourde allait ignorer. À moins que là où elle était (en admettant que l'on soit quelque part, pensa-t-elle encore) peut-être, si ce lieu existait, on y connaisse la finalité des êtres et l'aboutissement des actes inachevés !

– Comment qualifieriez-vous vos rapports avec Sophie, Laura ?

Sans une hésitation, cette fois :

– On ne se connaissait pas depuis très longtemps, mais ça ne nous a pas empêchées de tisser des liens forts d'amitié.

L'enquêtrice lui demanda de quoi, de qui, son amie lui parlait le plus souvent.

– Son mari, sa sœur...

Elles avaient abandonné, depuis un moment, le comptoir en *U* et, avec deux cafés, s'étaient installées derrière une des minuscules tables de la place.

– Padoue, aussi.

Pendant que l'enquêtrice feuilletait son carnet à la recherche d'une page vierge, la propriétaire du *Café de la gare* expliqua que Sophie surnommait ainsi son père.

– Et le *Jardin du petit pont de bois* ? Elle vous en parlait ?

Après le filet d'eau des douches devenant tiédasse sur le coup de 19 h, la cerise sur le gâteau, c'étaient les poules et les coqs chantant bien avant le lever du jour.

– D'Irène Roblès, la propriétaire de l'endroit, Sophie disait quoi ?

– Vous ne la connaissez pas du tout ? demanda Laura Ross alors que la porte de l'établissement se refermait sur son dernier client.

Si le *Café de la gare* avait toléré, à cet instant, la présence d'une mouche, les deux femmes l'auraient entendue voler. Ce qui poussa la propriétaire à se lever et passer, sans brusquerie, quelques consignes à son jeune employé. Grâce à son esprit d'initiative, une musique d'ambiance, à partir de ce moment, se mit à filtrer des colonnes de son disposées aux quatre coins du local.

– Disons, dit-elle, venue reprendre sa place vis-à-vis de l'enquêtrice, que comme bien du monde, Sophie trouvait que madame Roblès avait... Pour faire court, elle trouvait qu'Irène Roblès a du caractère.

On connaît la suite : « Qui en a en a rarement un bon. »

– Ce côté... très fort de la personnalité de l'hôtesse de Sophie a eu une influence sur la qualité du séjour de votre amie au *Jardin du petit pont de bois*, vous pensez ?

– Je dirais que non. Elle fait un drôle d'effet, madame Roblès, mais vous verrez, on s'y habitue.

L'enquêtrice fit un signe vague de la tête, qu'on pouvait interpréter comme une approbation.

– Comment était Sophie, reprit-elle, lorsqu'elle est venue au café, hier ?

– Gaie, légère...

– Pas inquiète ?

– Son énergie était à son maximum.

L'enquêtrice remua lentement le sucre dans sa tasse.

– Son mari, vous le connaissez ?

Laura Ross n'avait échangé que des paroles banales avec Pierre-Benoît Lemaire. Cependant, les nombreux prix qu'il avait remportés, tout autant que son travail d'artiste, faisaient la fierté de sa femme, se souvint-elle.

– Le plus souvent, tint-elle à ajouter, Sophie me disait qu'elle aimait sa volonté de rendre toutes les choses bonnes, même lorsque l'entreprise était difficile.

À cette étape de la rencontre, l'enquêtrice avait refermé son calepin, rangé son stylo et soumis, sans succès, à Laura Ross le prénom Hugo, inscrit comme trois autres sur la note trouvée à l'intérieur du grand sac Falabella de luxe, bleu flashy, de la victime.

– Lorsqu'elle venait au resto, est-ce que Sophie venait parfois avec quelqu'un ?

– Jamais.

– Et personne ne la rejoignait ?

– Je l'ai toujours vue partir seule.

– Et monter de la même manière dans sa voiture ?

Laura Ross fit signe que oui avec la tête, tandis que son regard, doublé de *piercings* perlés, filait en direction d'une vitrine en façade.

– Je sais que vous êtes au début de votre enquête…

Elle tortillait autour de son index laqué rouge cerise une mèche de cheveux échappée d'un savant coiffé-décoiffé.

– Mais… mais, bredouilla-t-elle, vous pensez que Sophie… Vous croyez que…

Avec celle portant sur les chances de retrouver l'assassin, c'était l'interrogation (*a-t-elle souffert ?*) qui, chez tous les proches des victimes, revenait invariablement.

Par un aveu (sincère) d'ignorance, Lisa Marchal se fit la réflexion qu'elle ne contribuerait pas, ce jour-là encore, à améliorer la perception du public quant aux compétences de la police.

3

Tentative de dissuasion plutôt que protection réelle, si l'on excluait la rivière Tomifobia lui servant de barrière naturelle, sur trois de ses côtés le *Jardin du petit pont de bois* était ceinturé d'une clôture d'inégale hauteur n'atteignant pas un mètre et demi au sommet. Lorsqu'on ajoutait à cet état de fait l'éclairage extérieur réduit à une dizaine de lampes de jardin, on comprenait qu'il avait été facile pour l'assassin de Sophie Plourde de pénétrer dans la place, avant de s'en échapper, sans être inquiété.

Les mains de chaque côté du visage afin d'atténuer la lumière du jour, par une porte vitrée Adam Kovac jeta un regard à une cuisine claire : table rectangulaire, répertoria-t-il, huit chaises à barreaux, un buffet et, accoté contre un mur de plâtre, un vieux piano droit, au sommet duquel trônait un vase rempli de fleurs coupées.

L'endroit étant encore sous scellés judiciaires, comme il n'avait aucune combinaison stérile sous la main, il se contenta d'une reconnaissance extérieure du bâtiment des douches. Apercevant une ancienne cuve de lessiveuse plaquée contre un des murs de la bâtisse, il s'en servit pour se hisser jusqu'aux barreaux de métal protégeant les ouvertures sans vitre. L'exercice terminé, il fut en mesure d'affirmer que, vu la résistance des tiges de fer, le meurtrier ne s'était pas introduit dans la place par les fenêtres. Cependant le panorama, à leur hauteur, sur les usagers de la salle était imprenable.

Laissant derrière lui la maison, un hangar, une remise et un poulailler irréprochables de propreté, il descendit l'escalier qui piquait vers le lit de la rivière Tomifobia. Il y découvrit un terrain de camping ne comptant qu'une roulotte montée sur des carrés de bois.

Porte verrouillée, stores baissés, son réservoir de gaz propane était vide.

Lorsqu'il fut revenu à la hauteur des six *cabins* offertes en location à la journée, à la semaine ou au mois, la propriétaire du *Jardin du petit pont de bois* l'aperçut la première. Repérant les jumelles pendues au cou du policier, elle l'accueillit en lui réclamant les deux dollars que devaient acquitter les observateurs d'oiseaux débarquant chez elle.

– Bureau des enquêteurs de Sherbrooke, se présenta Adam Kovac, exhibant son porte-cartes.

Laissant s'échapper de ses bras un chien à queue en plumeau, du haut de toute l'expérience que lui conférait son grand âge, Irène Roblès s'empara du badge, l'examina, prit tout son temps avant de le rendre à son propriétaire.

– Lorsque je suis venu voir le bihoreau violacé, déclara le policier, en route vers le jardin qu'Irène Roblès avait choisi pour répondre à ses questions, il me semble que les *cabins* étaient moins nombreuses. Est-ce possible ?

Dans un français bourré d'espagnol, elle expliqua que, l'été précédent, elle en avait fait ériger trois.

Pour cette raison, pensa-t-il, la cour avait été ramenée aux dimensions d'un misérable carré de sable.

– Vous souvenez-vous de la date d'arrivée des Plourde-Lemaire chez vous ?

– Le 9 juillet, dit-elle, évitant le regard du policier (qu'elle trouvait bien trop pâle). C'est facile à se rappeler : il n'y a pas eu d'autres résidents entre leur arrivée et... et l'*homicido*.

– Pendant ces six jours, vous n'avez rien remarqué de particulier ?

Irène Roblès répondit par une succession de mouvements de la tête de gauche à droite, puis de droite à gauche. Elle offrait à ce moment à son interlocuteur, qui avait réglé son pas sur le sien, un profil insondable sur lequel sa peau sombre, tendue sur des pommettes hautes et prononcées, n'affichait presque pas de rides.

– Un visiteur qu'ils auraient reçu ?

Nouveaux signes de tête négatifs, menaçant cette fois l'échafaudage d'une quantité impressionnante de cheveux, ramassés et maintenus en place sur le sommet du crâne par un fragile et compliqué système de peignes.

– Vous auraient-ils mentionné, dans ce cas, le nom de personnes qu'ils voulaient voir ?

– Le *señor* et la *señora*, dit Irène Roblès avec une certaine hauteur, ne parlaient pas de cela avec moi.

– Est-ce qu'ils vous parlaient d'autre chose ?

– Le *señor* et la *señora* n'avaient besoin de personne.

– C'était ce qu'ils vous disaient ?

Ils venaient d'atteindre le jardin. D'une rare tranquillité, l'endroit, une enfilade d'îlots de verdure, n'était troublé que par un régulier et doux froufroutement d'ailes, et l'air était rempli de l'odeur fraîche et tonique des plantes du *Domaine Bleu Lavande*, établi à proximité.

– Ça se voyait.

– À quoi ? demanda Adam Kovac casant tant bien que mal sa charpente de 1,85 m dans la chaise de parterre pliante qu'elle lui désignait.

— Vous ne savez pas comment sont les amants ?

— Rappelez-le-moi.

Sans l'interrompre, il l'écouta lui raconter les repas — trois fois rien — que Pierre-Benoît Lemaire et Sophie Plourde prenaient dans un silence de cathédrale, quand ce n'était pas dans un babillage d'oiseaux heureux ; leurs tête-à-tête sur la terrasse de leur *cabin* à l'aube ou au crépuscule ; ensemble, partout, jusqu'aux douches prises en commun.

Une pratique, tint-elle à préciser, qui n'offensait en rien sa morale, mais qui minait dangereusement, par sa durée, sa note de profit.

— Pour quelle raison êtes-vous allée vers le bâtiment des douches, hier ?

Dans la recherche du coupable, celui qui trouve le corps revêt une importance particulière.

— À cause du sèche-mains.

Disposé à proximité des lavabos, expliqua Irène Roblès, mais à bonne distance des douches : impossible de le mettre en marche sans qu'une main ne l'actionne. Or, la veille, depuis le jardin, elle avait entendu, en même temps et longtemps, l'eau de la douche couler et l'appareil s'emballer alors que la voiture des Plourde-Lemaire (ses seuls hôtes du moment) était absente de l'aire de stationnement.

De plus, ni dans la cour qu'elle venait de traverser, ni dans la *cabin* du couple, où elle avait laissé draps et serviettes, nulle part elle n'avait aperçu quelqu'un.

— Le sèche-mains, c'est le seul bruit qui vous a frappée ?

— *Sí*.

— Et vos bêtes ? Elles n'ont montré aucun signe d'inquiétude, d'agitation…

— Rubio, expliqua-t-elle en caressant la tête du petit chien blond calé contre son flanc, est *sordo*.

– Et vos autres chiens ?

Il faisait allusion à un trio qu'il avait vu, un peu plus tôt, se bagarrer joyeusement dans la rivière.

Elle expliqua que ceux-là avaient la détestable manie, si elle ne les gardait pas à l'intérieur de la maison – ce qu'elle n'avait pas fait, la veille –, de partir en vadrouille dès les premières défaillances du jour.

– C'est presque immédiatement après être entrée dans le bâtiment des douches que vous en êtes ressortie, lui rappela l'enquêteur. À ce moment, en entendant vos cris, on est venu à votre secours.

Il s'agissait de deux policiers canadiens et d'un patrouilleur appartenant aux services frontaliers américains. Tous faisaient partie, dans le cadre d'un projet pilote, d'une unité ayant pour mission d'assurer, de part et d'autre de la frontière, la sécurité du territoire en interceptant passeurs et immigrants illégaux.

– Vous souvenez-vous de leur ordre d'arrivée au bâtiment des douches ?

– Quand j'ai vu les deux « fédéraux », ils étaient avec l'agent de la U.S. Border Patrol.

– Mark Duvall ?

– Lui-même, répondit-elle, les lèvres pincées, ses mains veinées déposées l'une sur l'autre sur un tablier blanc qui ne devait pas savoir ce qu'était un faux pli.

Croisant, à ce moment, les yeux autoritaires d'Irène Roblès, Adam Kovac imagina la curieuse relation qui devait prévaloir entre cette petite vieille au menton volontaire et Mark Duvall dont la démonstration d'une personnalité complexe n'était plus à faire.

– Dans un endroit comme le vôtre, reprit-il, il est fréquent que le propriétaire laisse un cahier dans lequel les visiteurs indiquent leurs nom et adresse. Vous en avez un ?

— Je ne sais plus très bien où il est avec la *Policía* qui est venue hier et qui a tout bousculé… Mais si vous pouvez repasser…

Il la remercia d'un signe de tête.

— Est-ce qu'il est possible…

— …de voir la *cabin* du *señor* et de la *señora* ? acheva Irène Roblès qui avait suivi le regard du policier. *¡Claro que sí* [1] *!*

Sur le chemin inégal menant à six petites constructions recouvertes de bardeaux de cèdre rouge, en réponse à la question de l'enquêteur, Irène Roblès déclara qu'elle était la seule à disposer d'un trousseau de clés semblable à celui dont elle se servait, au même moment, pour déverrouiller une porte aveugle.

Le gros du mobilier de la *cabin* n° 4, découvrit l'enquêteur, consistait en un grand lit, un duo de tables de chevet, une commode à six tiroirs et une paire de fauteuils isolés par des panneaux de contreplaqué d'un espace lavabo-toilette, fermé, ce dernier, par une porte pliante.

Seuls indices du passage du couple Plourde-Lemaire en ces lieux : un flacon de crème adoucissante à l'aloès et une boîte de Kleenex entourant un réveille-matin ovale.

— Ils voyageaient léger, commenta Irène Roblès. C'est l'indice des pros, me disait le *señor* Lemaire lorsque je m'en étonnais.

Pendant que, par acquit de conscience, Adam Kovac passait ses mains gantées de latex sur toutes les surfaces, il demanda si le couple était amateur d'éclairage à la bougie.

— Dans une *cabin* en bois ! se scandalisa-t-elle, comme s'il venait de proférer une grossièreté.

— Vous pouvez me redire qui habite chez vous ?

1 Mais bien sûr !

Ils étaient revenus au jardin où quelques poules libres, ayant franchi une clôture de pieux pendant leur absence, picoraient sur le sol.

— Depuis ce matin, deux touristes, les Rondeau, dit-elle son regard filant en direction d'un couple descendant d'une voiture de modèle familial gris métallique chargée à ras bord.

Chapeau de pêcheur, vêtements de plein air, caméra PowerShot au cou et télescope à l'épaule, la solide moitié d'âge mûr du couple Rondeau avait le pas énergique. Loin derrière elle — pieds ouverts, ventre en tonneau moulé dans un polo jaune canari superposé à un bermuda à carreaux vert olive —, toute l'énergie de son compagnon semblait investie dans une bataille incessante contre le vent malmenant une mèche de cheveux rabattue en travers de son crâne chauve.

— Indifférents aux scellés judiciaires, commenta le policier, autant qu'au cordon qui encercle le périmètre du crime.

— La preuve que rien ne décourage la passion, lui retourna Irène Roblès avec un sourire.

Elle savait donc le faire ? s'étonna-t-il, pour lui-même.

— Personne d'autre, donc, chez vous, actuellement, que ces deux touristes ?

Elle crut utile de lui mentionner qu'une jeune fille, une assistante, payée par sa sœur, allait être bientôt là. Ce qui aurait l'avantage, indiqua-t-elle, de libérer un garçon, sérieux et travailleur, rognant, pour lui prêter main-forte, les heures libres que lui laissait un stand de souvenirs qu'il opérait à Stanstead.

— En attendant cette assistante, à l'exception de ce garçon qui vous dépanne, vous avez quelqu'un qui travaille ici plus régulièrement ?

– À l'entretien des *cabins* et du terrain de camping, deux cousins.

Du regard, il l'invita à poursuivre.

– Ils habitent Stanstead, la *casa* à gauche du *viejo cementerio* [2].

Il tourna une page de son carnet.

– La cuve de lessiveuse…

– …sert de citerne à l'eau de pluie, compléta-t-elle.

– Sous les fenêtres du bâtiment des douches, c'est sa place habituelle ?

– *Sí !*

Elle fixait, au même moment, ce ramassis de pierraille qu'était le corps de logis du *Jardin du petit pont de bois* dont, à ce jour, peu importe l'orage, l'angle doux de ses murs n'avait jamais manqué de l'apaiser.

– Et la roulotte près de la rivière, elle est occupée ?

Le délai, avant d'entendre « depuis l'été dernier, personne ne me l'a louée », n'apparut à l'enquêteur qu'une autre manifestation de la fatigue qu'il lisait sur les traits tirés d'Irène Roblès.

Négligeant, après avoir quitté le *Jardin du petit pont de bois*, de consulter l'application mobile qui lui aurait épargné les travaux routiers de la 55 pour rattraper une partie de son retard, Adam Kovac, à présent, traversait à la course le stationnement brûlant du Central de police.

Le seuil à peine franchi d'une petite salle de réunion, le mari de Sophie Plourde (t-shirt au slogan écolo, chaussures tirebouchonnant sur un pantalon à glissières) se propulsa hors de son siège à l'arrivée du policier, comme s'il en avait été éjecté.

Pour avoir fouillé son parcours, et admiré sur son site Web son incontestable talent d'artiste, l'enquêteur savait

2 Vieux cimetière.

que, biologiste de formation, au début de sa carrière, Pierre-Benoît Lemaire avait accompagné des groupes amateurs et professionnels d'ornithologues jusqu'en Arctique et en Antarctique. Tandis qu'il récoltait mentions et récompenses pour des photos expédiées à des revues spécialisées, l'une, forte, dans le cadre du concours *Des photos pour sauver la Terre*, parrainé par Greenpeace, l'avait propulsé sous les projecteurs. Ce qui lui avait permis de jouer dans la cour des grands et, dorénavant, de gagner sa vie l'œil vissé à son télescope.

— Nous savons, amorça le policier après s'être excusé de son retard et avoir offert ses maladroites condoléances, qu'au *Café de la gare* votre femme connaissait et appréciait la propriétaire de la place.

— Laura Ross, oui.

Avec son nez qui pelait rose, les cernes sous les yeux de Pierre-Benoît Lemaire avaient l'air immenses.

— Votre épouse vous aurait-elle mentionné le nom d'autres personnes avec lesquelles elle aurait, disons, sympathisé ?

— Sophie échangeait régulièrement des recettes, des trucs de cuisine avec les deux cousins qui travaillent au *Jardin du petit pont de bois*.

L'enquêteur quitta du regard son carnet, dans lequel il avait, jusque-là, écrit d'une main pressée.

— L'occupation de votre femme, vue de l'extérieur, donne à penser que c'est une profession où la compétition est forte. Ça correspond à la réalité des agents d'artistes ?

— Souvent, en convint Pierre-Benoît Lemaire. Mais pas tout le temps.

— Votre femme vous a-t-elle déjà parlé d'un rival déloyal, d'un compétiteur qui lui en aurait voulu…

— Ses concurrents, au contraire, la respectaient.

Évoquant la vidéo tournée, la veille, sur la scène de crime, le policier mentionna le son capté par les micros de la police scientifique.

– Quel genre de son ?

Adam Kovac répondit :

– Semblable au bruit d'un rasoir électrique.

– Mais ça ne vous satisfait pas, évidemment ?

Pour cette raison, la bande-son allait être soumise à la section Imagerie et Informatique du Laboratoire de sciences judiciaires et de médecine légale du ministère de la Sécurité publique.

– Depuis quand, revint à la charge le policier, connaissiez-vous votre femme, monsieur Lemaire ?

– Quatre ans.

Le photographe reconstitua, pour son interlocuteur, le décor de ce petit bar à vins en demi-sous-sol du Vieux-Québec alors que Sophie y débarquait entourée d'une bande d'étudiants inscrits, comme elle, à la maîtrise en Histoire de l'art. Lui-même en visite chez sa copine de l'époque (justement assise à ses côtés, à ce moment-là) se jurait, dans les 10 secondes suivant l'arrivée de cette fille splendide, mince comme un lévrier, de ne plus jamais voir, de ne plus jamais, jamais, jamais rêver qu'à ses cheveux de soie.

Il vit défiler les mois – décembre, janvier, février, mars, avril, mai – avant que, venu visiter un ami à Trois-Rivières, il la retrouve, par le plus grand des hasards, penchée au-dessus d'une petite lampe de chevet, rayon des luminaires du RONA local.

– Mariés, ça fait trois ans.

La cérémonie (sans cadeau ni voiture) s'était déroulée en été pour économiser l'énergie. Ce fut, toutefois, le souvenir de ce que portait celle qui n'était, pour quelques heures encore, que sa fiancée, qu'il chercha, l'espace d'un instant, à recréer. Inspirée des années 20, tout droit sortie des doigts de fée de Sophie, une petite robe à volants, en chiffon de soie bleu ciel qu'il aurait pu, à ce moment, toucher tellement l'image était nette.

– L'assurance-vie de votre femme...

La voix de l'enquêteur fit tressaillir Pierre-Benoît Lemaire.

– C'est plutôt rare une telle somme – un demi-million de dollars – pour une personne aussi jeune.

– Sophie tenait à assurer l'avenir de sa sœur. C'est pour ça qu'elle avait fait de Véronique, sa jumelle trisomique, l'unique bénéficiaire de sa prime.

Sous la tutelle du mari, si l'épouse le précédait dans la mort, allait bientôt apprendre le policier.

– Votre femme souffrait d'hémophilie...

– Elle en était atteinte, rectifia Pierre-Benoît Lemaire.

Son regard se déportant de la paume de ses mains à son interlocuteur :

– Parce que la maladie n'a jamais défini Sophie.

La remarque rappela à l'enquêteur cette phrase ouvrant le compte Facebook de Sophie Plourde : « La vie est faite de 10 % de ce qui nous arrive, et de 90 % de ce que nous décidons d'en faire. »

– Est-ce qu'elle parlait à son entourage, à ses connaissances, des conséquences, pour elle, d'une chute, d'un saignement ?

– Sans le crier sur les toits, expliqua Pierre-Benoît Lemaire, par mesure de sécurité, oui, il arrivait que Sophie spécifie pourquoi elle portait un bracelet d'alerte médicale.

Encerclant son poignet fin, celui de la jeune agente artistique était en silicone adapté à une utilisation sous la douche ou à la piscine.

– Chez Irène Roblès, notamment, ça lui est arrivé d'en parler à quelqu'un ?

– Sans que Sophie me l'ait expressément dit : presque sûr, oui, à la propri…

Pierre-Benoît Lemaire ne finit pas sa phrase.

– C'est un aspect important dans la résolution du… C'est important que Sophie ait parlé de son hémophilie à quelqu'un là-bas ?

Bien décidé à ne pas se laisser entraîner sur l'avenue sans fin des hypothèses, le policier fit valoir qu'au début d'une enquête, c'était toujours difficile à dire. À contre-jour, le visage lissé d'Adam Kovac, encore moite de la chaleur extérieure, était éclairé par une fenêtre donnant sur trois artères : la rue Frontenac, appendice commercial de la rue Wellington, enfin la très pentue rue Marquette, au sommet de laquelle, à main gauche, apparaît, semblant toucher les nuages, la plus que centenaire basilique Saint-Michel.

– Votre épouse, monsieur Lemaire, était une femme d'une beauté remarquable.

L'enquêteur s'était approprié une photo de la jeune agente d'artistes, extraite du site Internet du couple et glissée dans son portefeuille. Elle y apparaissait pieds nus, en vieux short kaki et tricot de coton à encolure ras du cou, avec la mer à l'arrière-plan. Moins limpide que le regard de chaton qu'elle levait vers le visage du Viking que le policier avait en face de lui.

Ce cliché – comme d'autres dans les dossiers qui lui avaient été confiés –, Adam Kovac s'était juré de ne s'en départir qu'après avoir compris pourquoi une femme, jeune et très belle, avait fini en un amas de chair sur l'acier froid d'une table de dissection.

– C'était un sujet de tension entre vous ? demanda-t-il.

– Pardon ?

– L'élégance naturelle et royale de votre épouse, sa beauté : c'était un sujet de tension entre vous ?

Pierre-Benoît Lemaire parcourut le visage de son vis-à-vis, tâchant d'imaginer ce que ce fonctionnaire de police se figurait derrière son regard presque blanc (qui semblait vous épier sans avoir l'air de vous regarder).

– Vous voulez savoir si…

– Si le fait qu'on admire Sophie, qu'on la désire vous dérangeait.

– Pas une minute… Au contraire…

De ses mains qui tremblaient, Pierre-Benoît Lemaire porta son verre à ses lèvres sans toutefois y prélever une gorgée.

– Au contraire, loin d'être un irritant, sa beauté autant que sa force de caractère, son intelligence et sa culture ont toujours été des sources d'intense bonheur pour tous ceux qui entouraient Sophie.

– Dont vous-même ?

– Dont moi-même, appuya-t-il fermement sur le dernier mot.

– Entre vous, donc, pas de paroles inconsidérées, pas de mots durs lâchés dans la colère…

– Je suis rarement dans cet état.

– Mais quand ça vous arrive…

– Je n'ai pas de souvenir…

Le photographe interrompit le travail de ses doigts triturant la touffe de poils blonds ornant son menton.

– Je n'ai pas de souvenir, si c'est à ça que vous pensez, que Sophie ait déjà fait partie de ces rarissimes moments-là.

– Jamais de gestes brusques non plus ?

– Jamais.

– Comment définiriez-vous votre couple ?

L'artiste baissa la tête vers ses sandales au cuir usé. Capable de citer les noms latins des créatures singulières et prodigieuses pour lesquelles il déployait des réserves de patience et des ruses de Sioux afin de les attirer sous son objectif, il sembla pourtant chercher ses mots avant de prononcer :

– Épanoui.

– Ça vaut aussi sur le plan sexuel ?

– Ça vaut aussi sur le plan sexuel et…

Sa bouche resta ouverte un moment avant :

« Et au cas où votre prochaine question serait de savoir si j'ai, ou ai eu, une autre femme dans ma vie, ou si Sophie… »

Deux plis se creusèrent aux commissures de ses lèvres, le faisant paraître infiniment plus vieux que les 30 ans affichés à son permis de conduire.

« Sophie et moi, on était, tout bonnement, tout simplement heureux, monsieur Kovac. »

L'entretien connut d'autres pics émotifs, pourtant ce fut ce « on était, tout bonnement, tout simplement heureux, monsieur Kovac » qui absorbait l'esprit de l'enquêteur au moment où il traversait, à grandes enjambées, les couloirs le séparant de son unité. La porte de la place à peine refermée derrière lui, la voix de son chef l'atteignit au moment où celui-ci annonçait que la venue de leur collaborateur des crimes majeurs de Montréal avait été différée.

– Ceux qui sont incapables d'attendre à demain, lança le capitaine, peuvent toujours aller lui voir la binette dans la galerie de portraits de son unité.

Avec sa ressemblance inouïe avec l'acteur américain Robin Williams, cette démarche fut le seul moment où l'arrivée prochaine de Jean-Marie Comtois au sein du Bureau des enquêteurs suscita autre chose qu'incompréhension et grincements de dents.

– Et sur les réseaux sociaux, demandait, à présent, le chef dans un branle-bas de chaises alors que chacun regagnait sa place, la présence du couple Plourde-Lemaire se résume à quoi ?

En plus d'anecdotes portant, notamment, sur les bienfaits que procurait à Pierre-Benoît Lemaire le fait d'avoir cessé de fumer, la page du couple était bourrée de vidéos, les montrant, elle et lui, en compagnie d'animaux exotiques, à poils ou à plumes, observés aux quatre coins du monde au cours de leurs fabuleux voyages.

– Et pas d'aigris, de jaloux, d'envieux, de frustrés, égrena le chef, parmi ses « amis » Facebook ?

– Pas plus, lui répondit Lisa Marchal, que l'ombre d'un amateur de cire d'abeille.

Sur les traces de celle-là, les pharmacies à moyenne comme à grande surface avaient été visitées. L'étape suivante consistait à investiguer du côté des magasins bio, boutiques d'herboristes, salons de massage et d'esthétique.

– Pierre-Benoît Lemaire…

Le capitaine fit pivoter son fauteuil pour faire face à son second.

« …l'emploi du temps qu'il a fourni, hier, pour la soirée du 15, dans les faits, ça tient la route ? »

Entre le moment où il sortait d'une boutique de fleurs et l'heure à laquelle on situait la mort de sa femme, avait pu établir Adam Kovac, Pierre-Benoît Lemaire (le dernier à avoir vu Sophie Plourde vivante) aurait disposé, pour commettre son crime, de sept minutes.

« Acrobatique, trancha le chef, mais jouable. »

Quelques heures plus tôt, par le biais de Google Maps, il avait fait une incursion du côté de Trois-Rivières. Zoomant rue des Forges, sur un bungalow impersonnel avant de s'entretenir avec Michel Plourde, son propriétaire. Enseignant retraité, pour décrire son gendre, le vieux monsieur manquait de superlatifs. Déplorant seulement que, depuis son mariage avec Pierre-Benoît Lemaire, sa fille, qu'il ne nommait jamais autrement que « Pupuce » avec des trémolos dans la voix, négligeant sa propre carrière, s'était consacrée presque exclusivement à celle de son mari.

— Et le soutien-gorge canneberge, satin et broderie, de même que le mini-slip transparent retrouvés sous la douche, Pierre-Benoît Lemaire a pu t'en dire plus à leur sujet ? reprit le chef.

— Confirmer que ce sont ceux de sa femme, lui renvoya son adjoint dans un bruit de tiroirs ouverts, puis refermés.

— Et pour expliquer pourquoi on les a retrouvés là où ils étaient…

— Rien.

— Un jeu amoureux dans le style « je-les-porte-tu-me-les-enlèves » et, fatiguée d'attendre, elle les retire ? suggéra le chef.

— Même pas.

— Dans ce cas-là, les interrompit une voix au fort accent gaspésien à partir du coin-cuisine, peut-être que c'est le meurtrier qui a laissé tomber la brassière pis les *sleepines*. Il les tient dans ses mains, elle tire le rideau…

— Qui nous dit, objecta sa collègue, que c'est Sophie qui a ouvert le rideau ?

— Mettons, arbitra le chef.

— Il les tient dans ses mains, répéta le Gaspésien. Mais pris sur le fait, il échappe les *hardes*. Pis peut-être… peut-être qu'il était venu pour ça, juste pour ça, le meurtrier…

— Des dessous féminins ? s'interposa de nouveau Lisa Marchal.

— N'importe quoi les faisant bander, ces têtes de morues salées ! riposta le Gaspésien.

– Si on a affaire à un pervers, persista Lisa Marchal sans cacher son scepticisme, comment expliques-tu que dans leurs notes que j'ai pu consulter, tant du côté de la GRC que de la U.S. Border Patrol, aucun des trois agents qui patrouillaient dans le secteur n'ait mentionné un seul cri en provenance de la salle de douches ?

– Enterré par le sèche-mains ? suggéra l'autre.

– La peur peut aussi l'avoir figée sur place, fit valoir le chef.

– À moins, insista sa subordonnée, que ce soit parce que le meurtrier n'était pas inconnu de Sophie Plourde.

Parmi les plus hautes probabilités, les deux préposés à l'entretien d'Irène Roblès furent évoqués, de même que le nom de ce jeune commerçant rendant, à l'occasion, service à la vieille propriétaire du *Jardin du petit pont de bois*.

– Tous des casiers judiciaires vierges. Et à l'heure du crime, la paire de cousins jurent – quoique sans témoins pour l'attester – qu'ils vernissaient leurs vieux planchers de bois franc. Quant au propriétaire du kiosque de souvenirs, il a affirmé s'être activé derrière son comptoir de 18 h jusqu'à longtemps après minuit, le 15 juillet.

– Un emploi du temps, compléta Adam Kovac, confirmé par la vendeuse de hot-dogs et de frites, sa voisine : quand l'un des deux marchands levait la tête, il voyait forcément l'autre.

– Et celui qui publie le travail nord-américain de Pierre-Benoît Lemaire, quelqu'un l'a rencontré ? s'informa le patron.

– Bibi, répondit, au moment de faire son apparition dans la salle, celui que l'on avait, jusque-là, entendu s'exprimer à partir du coin-cuisine.

Il s'agissait d'un grand maigre dont le nom de famille, Leonard, était aussi le prénom.

– Jeune quarantaine. Sourire *ben* huilé, tiré à quatre épingles, il s'appelle Nathan Gallant.

À l'enquêteur, Nathan Gallant avait affirmé qu'au seul moment où il aurait pu faire la connaissance de Sophie Plourde (un vin d'honneur, le 13 juillet, réunissant les collaborateurs de son mensuel), il en avait été empêché par une indisposition.

– Avec l'air, en me disant ça, dit Leonard s'exprimant la bouche pleine, de chercher quelque chose.

– Quoi ?

– La porte.

– Et c'était aujourd'hui, voulut s'entendre confirmer le capitaine, qu'il devait parler avec la victime par courrier électronique…

Malaxant entre ses doigts un sachet de sucre qu'il ne se décidait pas à ouvrir :

– Le seul mode de communication, si j'ai bien compris, entre lui et Sophie Plourde ?

– Qu'*i* dit !

– Son emploi du temps, à Nathan Gallant, le soir du meurtre, tu as pu le vérifier ?

Quand Leonard, mâchant avec énergie, répondit « escrime », l'arme du crime maniée avec une habileté à la Zorro traversa l'esprit de chacun.

4

20 juillet

Un mur mince, si peu propice à l'intimité qu'elle entendait les gémissements du sommier à ressorts du lit d'Irène Roblès, séparait les deux chambres pourvues d'un mobilier identique : un lavabo, une chaise droite, une coiffeuse et un lit étroit au creux duquel, pour le moment, Eugénie Grondin reconstituait les événements ayant précédé son arrivée au *Jardin du petit pont de bois*.

C'était Irène Roblès qui l'avait aperçue la première. Après des présentations un peu maladroites de part et d'autre, installée derrière le volant d'une vieille fourgonnette blanche, un petit chien blond sur les genoux (alors que trois colosses, au pelage noir, lui soufflaient dans le cou), son employeuse avait tout voulu savoir des longues heures pendant lesquelles son assistante avait été trimballée d'un bout à l'autre de la province.

Sa curiosité satisfaite, se souvenait Eugénie Grondin, Irène Roblès avait répondu à toutes ses questions. Si l'appellation scientifique de la végétation de la région lui était inconnue, son intérêt pour le sujet était bien visible puisque plantes et arbres avaient fait l'objet d'une description soignée. Parlant de « l'érable à peau de serpent » – l'érable de Pennsylvanie –, elle avait tracé un portrait fascinant de ce feuillu de près de 10 mètres de haut. Typique des forêts de l'Est nord-américain, le caryer à noix douces faisait, un peu plus tard, les frais d'un autre exposé détaillé quand, au-delà d'un pont de bois en forme de dos d'âne, sous lequel la rivière Tomifobia taillait sa route, la propriété d'Irène Roblès était apparue.

« Et dire, se félicita Eugénie Grondin toujours allongée sur le dos, que si je n'avais pas répondu à une petite annonce parue sur Kijiji, demandant une aide horticultrice pour un refuge en Estrie, je serais passée à côté de cette impression de total déracinement que je connais, ici, maintenant. »

L'odeur des *huevos* – petits déjeuners à la mexicaine – ayant finalement raison de son immobilité, pieds nus sur le plancher de céramique, réprimant un frisson, Eugénie Grondin explora, par la fenêtre unique de sa chambre, le firmament dont un grand pan était encore habillé de ses couleurs nocturnes.

Dans un endroit comme celui-ci, avait mentionné Irène Roblès, il était possible d'observer jusqu'à 3 000 étoiles.

Trois mille !

Quand une seule est en soi un monde dont le commun des mortels ignore l'origine, le parcours et la fin, rêva-t-elle, rencontrant, au même moment, son reflet dans le miroir.

Sa mère expliquait que la particularité du regard de sa fille était attribuable à un virus qu'elle avait contracté au cours de sa grossesse, 22 ans et 11 mois plus tôt. Pour le reste…

Pour le reste, question d'opposer de la résistance à son double, ce matin-là comme souvent, Eugénie Grondin redressa fièrement les épaules auxquelles, bien avant les

dizaines de longueurs de piscine effectuées quotidien-
nement, des années de compétition dans tous les bassins
d'eau du pays avaient sculpté des courbes parfaites.
Puis, dans ses vêtements de travail fraîchement lavés (la
propreté étant, avec la ponctualité et la politesse, la sainte-
trinité professionnelle de son employeuse), elle repensa à
la soirée de la veille.

Accablée de chaleur, après avoir sarclé, bêché et expurgé
les mauvaises herbes du potager, elle était allée rejoindre
Irène Roblès au jardin. Cet espace de verdure où l'octogénaire se recueillait comme elle l'aurait fait dans une église.

Ce qui explique peut-être, se dit son assistante, *pourquoi
nos jasettes sont encore plus rares là qu'ailleurs.*

Jusqu'à hier. Jusqu'à ce goutte-à-goutte mouillé d'une
fontaine rouillée, propice à la confidence. Pour la première
fois, Irène Roblès avait évoqué Sophie Plourde. Son visage
d'une beauté déchirante, immatérielle. « Comme s'il était
pourvu dans la mort, avait-elle exprimé dans un souffle,
d'une volonté cherchant à se soustraire à toute compré-
hension humaine. »

Un coq insomniaque ayant fait valoir, précisément à
cet instant, ses droits sur la basse-cour, son chant avait mis
fin à l'échange. Et à la vue, ce matin-là, d'Irène Roblès,
debout à proximité d'une série de mangeoires suspendues
à un fil de fer comme du linge à sécher, son visage sombre
fit penser à son assistante que si la parole a ses forces, visi-
blement, elle a aussi ses limites.

Une heure plus tard, elle regardait son employeuse se
hisser derrière le volant de son antique Dodge Ram. Pour
elle-même, elle pronostiqua qu'il allait bien s'écouler deux,
voire trois heures, avant qu'Irène Roblès ne revienne, les
paupières clignotantes comme celles des oiseaux de nuit
lorsqu'ils affrontent la lumière du jour. Fatiguée, mais

muette quant aux raisons motivant ses expéditions du lever du jour.

La matinée était passablement avancée, et Eugénie Grondin avait amendé d'engrais près de la moitié des plates-bandes, lorsque trois véhicules, simultanément, franchirent l'entrée en forme d'arche menant au stationnement. En nombre égal, des garçons et des filles s'extirpèrent de deux luxueux 4 x 4 gris de poussière. Bottes de marche, bermudas et t-shirts pour ceux-là, tandis que le conducteur de la voiture, stationnée au plus près de la maison, se singularisait par la présence d'une arme sur sa hanche gauche.

Parvenu à la hauteur des visiteurs du *Jardin du petit pont de bois*, Adam Kovac choisit de se laisser distancer par ses compagnons de hasard. Ce qui lui permit d'admirer la manière avec laquelle, comme une pro, l'assistante d'Irène Roblès savait gérer le délire verbal d'un groupe exigeant une réponse à une question pas encore posée.

Sa mallette dans une main, les manches de sa chemise roulées jusqu'aux coudes, lorsque Eugénie Grondin se tourna vers lui, l'enquêteur retira ses lunettes de soleil avant de présenter son porte-cartes.

— Je viens chercher le registre que votre patronne a retrouvé hier, dit-il par-dessus les voix de randonneurs se dirigeant bruyamment vers la rivière.

Forcée d'admettre, après les avoir explorées, que les larges poches de son tablier de jardinier étaient vides, Eugénie Grondin suggéra au policier de l'attendre pendant qu'elle irait chercher le répertoire des visteurs au jardin.

Si elle n'y voyait pas d'inconvénients, dit-il, il désirait l'accompagner.

— Madame Roblès, enchaîna-t-il, a parlé de vous quand je l'ai vue le 16 juillet, mais elle n'a pas mentionné votre nom.

Interrompant sa progression, elle se présenta.

– Et vous êtes ici depuis longtemps, Eugénie ?

– Le 17.

– En provenance de…

– L'Abitibi.

Des kilomètres de nature sereine, visualisa-t-elle. Forêts de bouleaux, de trembles, semblables, avait-elle lu quelque part, aux paysages de Suède…

– Plutôt tranquille par là-bas ?

Rendant son sourire aux yeux aussi pâles qu'un ciel d'hiver d'Adam Kovac :

– Jamais autant qu'ici, lui retourna-t-elle.

Surpris lui-même par l'intimité que supposait sa prochaine question, il lui demanda ce qu'elle était venue chercher en Estrie.

– Le dépaysement, répondit-elle simplement.

– Vous aimez voyager ? en déduisit-il.

– Beaucoup !

– Vous avez pu aller assez loin jusqu'à maintenant ?

Depuis le début de la conversation, craignant le « trop » autant que le « pas assez », Adam Kovac tâchait de s'adresser à l'ensemble des traits du délicat visage d'Eugénie Grondin plutôt qu'à l'œil droit à la surface duquel, comme sur une eau paisible, flottait un léger et mystérieux brouillard.

Un écart par rapport aux standards de beauté ? Pourtant, loin de l'enlaidir ou de l'affadir, l'anomalie rendait encore plus douce, ce qui n'excluait pas la force, l'expression du fin visage.

– Pas assez à mon goût, déplora-t-elle.

– Comment ça ?

Elle fit glisser son pouce contre son index, son geste signifiant la nécessité pour elle de gagner de l'argent si elle voulait satisfaire sa passion pour les voyages.

– Mais ici, ce n'est quand même pas trop mal comme déracinement, non ?

Quelque part entre la cour à l'herbe brûlée par le soleil et l'entrée du jardin, nota-t-elle, il avait redressé et resserré le nœud de sa cravate.

– Et votre job, au *Jardin du petit pont de bois*, c'est bon aussi ?

Occupant un emploi dont la diversité des tâches excluait la monotonie, elle dit que, malgré le drame survenu chez Irène Roblès, elle avait l'impression d'avoir trouvé sa place.

– En Abitibi, vous n'aviez pas un boulot d'horticultrice ?

Elle lui traça, 3e avenue à Val-d'Or, un portrait fidèle du *Del* alors que, dans une vie antérieure, elle slalomait entre les tables.

– Stressée ?

– Tendue comme une corde de violon.

– À une certaine époque, lui confia-t-il, si je ne dormais pas assez, je pouvais faire n'importe quoi sans me rendre compte de rien : me doucher, me brosser les dents, m'habiller, puis me réveiller…

– …au volant de votre voiture ?

– En plein ce que j'allais dire !

Ils avaient atteint un meuble haut, qui complétait, avec une demi-douzaine de bancs sans dossier et autant de chaises pliantes bon marché, le mobilier du jardin.

– Ici, en Estrie, à part votre travail, vous passez le temps comment ? s'informa-t-il.

– J'aime lire.

– Et votre dernier bon livre ?

Contrairement à beaucoup de gens, observait-elle depuis un moment, il semblait accorder une réelle importance aux réponses qu'il obtenait. Elle se demanda si son comportement s'expliquait seulement par son métier ou si les qualités que laissait supposer son attitude étaient au quotidien des traits de son caractère.

— Vous aussi, vous lisez ?

— Ils me font peur, admit-il.

— Les livres ?

Se pinçant, entre le pouce et l'index, plusieurs fois le nez (qu'il avait passablement fort), Adam Kovac approuva de la tête.

— Même les petits ?

— C'est grave, à votre avis, docteur ? demanda-t-il avec entrain.

— Terrible ! lui retourna-t-elle sur le même ton, lui tendant le répertoire des visiteurs du *Jardin du petit pont de bois*.

Un cahier de format écolier, au dessus cartonné, à couverture blanche avec lettrage manuscrit noir.

— J'aimerais aller autour, déclara-t-il à la sortie du jardin ombragé, le registre glissé sous l'aisselle.

Dans la cour qu'ils traversaient, à ce moment-là, le soleil maintenait une chaleur étouffante.

« C'est possible ? »

Pendant longtemps, lorsqu'il essaierait de reconstituer la trame de cette conversation plaisante, il lui serait impossible de la dissocier de l'odeur familière, perçue alors qu'il pénétrait dans le bâtiment des douches : une odeur de morgue et de mort.

« À la recherche, se dit-il à voix haute, d'un détail qui n'aurait pas été vu, d'un lien qui n'aurait pas été fait. »

Car si des dizaines d'affaires présentant des similitudes avec le crime commis au *Jardin du petit pont de bois* avaient été fouillées, si des centaines de pages de témoignages de multirécidivistes notoires — agresseurs, violeurs et pervers sexuels — avaient été parcourues, dans l'état actuel des choses, cinq jours après l'assassinat de Sophie Plourde, l'enquête était au point mort.

Et sa quête de ce jour-là n'y changea rien. Pourtant, alors qu'il retirait sa combinaison stérile jetable, s'il était sans illusions, Adam Kovac restait positif. Déterminé, pour venir à bout de ce crime, à fouiller l'affaire jusqu'à l'hébètement s'il le fallait.

– Je m'excuse…

Depuis qu'il avait dépassé la barrière de bois blanc isolant la maison du reste de la cour, il ne croyait plus la revoir.

– C'est pour les douches, continua Eugénie Grondin, replaçant ses cheveux bruns coupés court derrière l'oreille. Madame Roblès voudrait savoir si ça va prendre encore beaucoup de temps avant qu'on enlève les scellés.

Le seul moyen d'accommoder les visiteurs consistait, désormais, à mettre la salle de bain personnelle de la propriétaire à la disposition de ses invités. Pour les *cabins* et le terrain de camping, il s'agissait d'une très petite quantité d'hôtes.

Mais leur nombre n'étant pas le vrai problème…

– Ce serait utile de le savoir parce que…

Une interpellation, à ce moment, interrompit l'employée.

Dans la silhouette claironnant « Génie, chère, je te retrouve », Adam Kovac reconnut le représentant masculin du couple Rondeau qui, ce jour-là, malgré son impressionnant tour de taille, progressait à la vitesse du lièvre de la fable. Toutefois, quand, la main en visière, quittant l'auvent de la terrasse, l'enquêteur s'avança dans la cour, l'homme ralentit le pas au point de donner l'impression à son observateur de vouloir rebrousser chemin.

– Et c'est, bien évidemment, relevait à présent Yvon Rondeau une fois les présentations complétées, le meurtre de cette femme qui vous amène ici ?

Il peinait, dans le même temps, à cause du vent, à maintenir en place une longue mèche de cheveux camouflant maladroitement son crâne chauve.

– L'affaire avance à votre goût ? demanda-t-il.

– Merci de votre intérêt. Et vous-même, êtes-vous satisfait de vos vacances ?

– Côté ornithologique, très.

Le cou nu du touriste inspira la suite à Adam Kovac.

– Vous voyant sans jumelles dans un endroit comme celui-ci, je dirais que vous n'êtes pas un fanatique.

– C'est vrai, c'est ma femme… C'est Francine l'ornithologue de notre couple.

– Y a longtemps que vous êtes en Estrie ? s'informa le policier.

– Tous les jours se ressemblent en vacances, vous savez… mais je dirais… le… Oui, c'est ça, le 16. C'est ce soir-là qu'on est arrivés.

– Ici ? demanda Adam Kovac. Au *Jardin du petit pont de bois* ?

– Non…

La voix d'Yvon Rondeau pour prononcer « *B&B Le Champêtre* de Georgeville » était si étouffée que, même de près, Adam Kovac dut tendre l'oreille pour réussir à entendre.

– Et quand vous n'observez pas les oiseaux, demanda l'enquêteur, fasciné par un muscle sur la joue du touriste pris, soudain, de soubresauts, vous faites quoi ?

– Pardon ?

Dans un rapide aller-retour, le regard d'Yvon Rondeau alla du visage du policier à celui d'Eugénie Grondin, dont l'expression grave rendait encore plus hermétique le silence. Un silence qu'Adam Kovac compara, intérieurement, à un périmètre de sécurité.

– Quand vous n'observez pas les oiseaux, répéta le policier d'un ton calme, mais d'une voix soudain différente, vous passez le temps comment ?

Entre la question de l'enquêteur et la réponse du gros homme, il y eut un flottement. Un moment qui ne fut ni une pause ni un silence. Mais un vide. Au cours duquel des voix résonnèrent, des portières claquèrent et, des abords de la rivière Tomifobia, sous les pétarades d'un pot d'échappement percé, des aboiements dans toutes les tonalités se firent entendre.

– De mille… de mille et une façons.

Pendant ce temps, dans cette forte odeur de talc pour bébé qu'il dégageait, le muscle sur la joue d'Yvon Rondeau n'en finissait plus de sprinter.

5

Grâce à la reconnaissance d'écriture manuscrite assistée par ordinateur, l'expert en documents du laboratoire scientifique de la police avait pu déchiffrer ce qui avait été barbouillé à côté du prénom Hugo sur la note retrouvée dans le dispendieux sac à main Falabella bleu ciel de Sophie Plourde.

Il s'agissait des mots « *National Geographic* » et d'une date : « 16 juillet ».

– Et ces Hugo du *National Geographic* t'ont dit quoi, exactement ? réclama le chef.

– Unanimes (*les quatre que Lisa Marchal avait réussi à joindre*) à déclarer ne connaître ni Sophie Plourde ni Pierre-Benoît Lemaire.

– Et pour le « 16 juillet », qu'est-ce qu'on a appris ? désira encore se faire rappeler le capitaine.

– Ce lundi-là, selon son agenda, la victime voulait téléphoner à Didier Coquet, l'ex-imprésario français de son mari. Elle souhaitait aussi se rendre chez Laura Ross, la propriétaire du petit resto avec laquelle elle a sympathisé…

– Elle n'avait pas aussi prévu d'appeler sa jumelle ?

L'intervention venait du Montréalais de la Section des crimes majeurs, arrivé l'avant-veille. Volubile, avec un recours fréquent à ses mains larges comme des battoirs, Jean-Marie Comtois, Franco-Ontarien d'origine, semblait collectionner les symptômes de l'hyperactivité. En coulisses, l'homme était plutôt réfléchi, un ennemi naturel du tapage.

– Exact, confirma le chef à la place de sa subordonnée réfugiée dans un silence écrasant.

Car à la crainte vague, mal définie, suscitée par l'annonce de la participation de Jean-Marie Comtois à l'enquête, s'étaient ajoutés, pour maintenir une ambiance électrique chez ceux-là censés l'accueillir, les commentaires des « leaders d'opinion » ne se privant pas d'avancer que « la présence d'un officier parachuté de Montréal, en raison d'une mauvaise répartition des rôles, risque fort de mettre en péril une résolution rapide du crime sordide perpétré au *Jardin du petit pont de bois* ».

– Et, électroniquement parlant, continua l'enquêtrice simulant un grand intérêt pour ses notes, toujours le 16, elle devait communiquer avec Nathan Gallant, cet escrimeur de haut niveau – parmi les huit meilleurs du Québec – fondateur et propriétaire du magazine qui publie le travail nord-américain du mari de Sophie.

En raison du masque porté par les athlètes pratiquant l'escrime, il avait été impossible pour le préposé à la garde de la salle d'armes, où Nathan Gallant avait mentionné s'être rendu le 15 juillet, de confirmer l'identité de celui que l'employé avait vu s'entraîner, seul, à l'épée, dans le créneau horaire du meurtre.

– Si on profitait de ces zones floues pour le relancer, celui-là ?

Ce fut dans le Vieux-Nord, quartier synonyme de richesse, de réussite sociale autant que d'élégance, que les policiers allèrent rencontrer l'homme d'affaires. Précédé d'une longue allée feuillue débouchant sur une imposante galerie, l'immeuble abritant *Québec Nature*, comme bon nombre de bâtiments de ce secteur de Sherbrooke, avait une facture architecturale typique de la Nouvelle-Angleterre.

La loi les y obligeant, le plus discrètement possible, les deux enquêteurs exhibèrent leurs cartes de police.

— J'ai déjà tout dit à votre collègue fut la tournure de salutation du gestionnaire.

— S'il vous plaît, c'est important, monsieur Gallant, insista Lisa Marchal.

Bien plus que la formule de politesse, ce fut la puissance de persuasion des grands yeux, très noirs, de la coéquipière assignée par le responsable du Bureau des enquêteurs à Jean-Marie Comtois, qui autorisa la suite.

— Comment décririez-vous Sophie Plourde, monsieur Gallant ? demanda l'enquêtrice.

À ce stade de l'entretien, la porte du spacieux bureau du patron de *Québec Nature* venait de se refermer sur le trio.

— Une négociatrice habile, fiable et honnête. À l'esprit clair et précis… Fine, sensible, bien sûr.

— Et ça ne vous a pas donné le goût de faire sa connaissance ?

Réfugié derrière sa sérieuse et colossale table de travail, Nathan Gallant expliqua que le courrier électronique avait présenté l'avantage de maximiser leur temps, à « madame Plourde » et à lui. (Or, dans leurs échanges de courriels, on avait pu constater au Central que Nathan Gallant appelait sa correspondante par son prénom et que les deux se tutoyaient.)

— Au vin d'honneur offert par *Québec Nature*… commença Lisa Marchal.

— Une indisposition, l'interrompit Nathan Gallant, m'a empêché de participer à l'événement.

– C'est la seule raison ? insista-t-elle en s'appropriant un des fauteuils ajustables, tout cuir, que leur hôte s'obstinait à ne pas lui offrir.

– La seule raison de quoi ?

– De votre absence.

– Évidemment.

Ses sourcils facilement réprobateurs accentuant leur froncement :

– Qu'est-ce que vous voulez que ce soit d'autre ?

– Mon Dieu… Une décision ou un événement de dernière minute ? insinua-t-elle.

Une image, à cet instant, se présenta à l'esprit de Nathan Gallant : vêtue de façon simple mais élégante, l'enquêtrice, avec 10 pas d'avance sur son collègue, s'avançant vers lui dans le hall d'entrée.

Maintenant, dans le huis clos de son bureau, il songea qu'il ne parvenait plus à penser à elle en ces termes : *jeune* et *femme*.

– Supposons, par exemple, suggéra Lisa Marchal, que vous ayez eu l'idée de l'inviter…

– Vous parlez…

– Du couple Plourde-Lemaire. C'est ce dont on parle, non ? Il zappa la question.

– Supposons donc que vous ayez eu l'intention d'inviter, chez vous, votre collaborateur et son épouse. Pour garder la surprise intacte…

– Vous oubliez que je connais Lemaire.

– Mais pas Sophie ?

– Mais pas madame Plourde, en effet, rectifia-t-il.

– Autre chose…

– Deux minutes, 36 secondes : c'est tout le temps que je vous accorde pour l'exprimer, riposta Nathan Gallant s'adressant de cette manière à Jean-Marie Comtois.

Quand sa paire d'yeux bleus, ses pommettes de lutin facétieux, bref quand, ensemble ou séparément, les ingrédients de la bonne bouille de Jean-Marie Comtois ne lui méritaient pas un élan de sympathie, c'est qu'ils lui valaient, une fois déclinés ses titre et fonction, une déconcertante familiarité – et la liberté de ton qui va avec.

– Hugo…

– Ce prénom, le coupa Nathan Gallant d'une voix cassante, ne me dit strictement rien. Combien de fois faut-il que je le répète?

– Le fait nouveau, poursuivit Jean-Marie Comtois de son accent joliment modulé (avec lequel il tutoyait tout le monde), c'est qu'on sait ce que Sophie a écrit à côté du prénom.

Le responsable de *Québec Nature* interrompit le pas qu'il avait entamé en direction de la porte.

– D'abord, une date, « 16 juillet »…

Au dos du gestionnaire :

– Ensuite, « *National Geographic* ».

Comme s'il venait d'être giflé, Nathan Gallant se retourna d'un bloc. Et alors (s'en voulant de ne pas y avoir pensé plus tôt), Jean-Marie Comtois lui demanda :

– Avec lequel des Hugo du *National Geographic*, monsieur Gallant, entretiens-tu des liens de mariage, de parenté, d'amitié…

– Hugo et moi, avoua Nathan Gallant massant frénétiquement avec le dos de la main son grand front bronzé par le soleil et le vent, avons sympathisé au cours de conférences réunissant des responsables de revues. À son insu, j'ai emprunté son identité.

Mentionnant des aspects de la rencontre qu'ils souhaitaient se voir préciser, les enquêteurs l'invitèrent à les suivre.

– Nathan Gallant a admis le fait, annonça Lisa Marchal une fois dans le bureau de son chef. L'éditeur associé du *National Geographic*, actuellement en reportage quelque part dans une des ex-républiques soviétiques, est un de ses amis. À son insu, il lui aurait « emprunté » son identité.

– Dans quel but ?

– C'est une des toutes premières questions que je me propose d'aborder avec lui.

– Ton feeling ?

– Cette substitution sert de paravent à quelque chose d'imposant, pronostiqua-t-elle en commençant à se déplier de toute sa longueur.

– Lisa ? la rappela son chef. Si Adam est revenu de Stanstead, j'aimerais qu'il se joigne à vous dans le cadre de votre entretien avec Nathan Gallant.

– À moi et à GMC ?

En jouant sur le « j » prononcé à l'anglaise, calembours, plaisanteries, bons mots, on s'amusait ferme aux dépens des initiales de Jean-Marie Comtois, au Central de police.

– As-tu remarqué, demanda le chef irrité par ce procédé, qu'on mentionne rarement son prénom, à Jean-Marie ? Quand on n'entend pas ce surnom… ridicule…

– Quand même !

– …qui n'a pas dû demander, soit dit en passant, un grand effort de recherche de la part de son auteur…

Elle se borna, cette fois, à soutenir le regard de son supérieur.

– C'est du « partenaire » par-ci, du « collaborateur » par-là, continua-t-il. Mais ça, évidemment, c'est réservé aux gens polis, enfonça-t-il le clou au moment où, son amour-propre sérieusement entamé, Lisa Marchal franchissait le seuil de la porte du bureau de son chef.

– Prêt, monsieur Gallant ? demandait-elle, à présent, au directeur de *Québec Nature*.

– Je croyais, l'accueillit celui-ci apercevant au même moment deux silhouettes s'engouffrant à la suite de l'enquêtrice dans la salle d'interrogatoire, qu'il s'agissait d'un banal entretien.

– C'est bien le cas.

– Et lui ?

Elle présenta Adam Kovac.

– C'est ça, ironisa-t-il, qu'on appelle chez vous la « surprise du chef » ?

– Monsieur Gallant, réagit-elle sur-le-champ, les deux mains à plat sur la table, vous êtes venu au Central de votre plein gré. On est d'accord là-dessus ?

Il se borna à hocher la tête.

– Aussi, continua l'enquêtrice, comme je vous l'ai expliqué en quittant votre bureau, quand bon vous semble, si l'expérience cesse de vous convenir, sans avoir rien à expliquer ni à justifier, vous pouvez vous lever et partir.

N'empêche.

Lorsque dans la pièce sans fenêtre éclairée par un puissant tube fluorescent, Adam Kovac, sur ses grands pieds, se leva pour aller fermer la porte, Nathan Gallant ne put se défendre contre une impression d'enfermement.

– Cet entretien, prononçait au même moment Lisa Marchal sous l'œil de la caméra chargée de filmer la scène, est enregistré le 20 juillet, à 14 h 25, en présence de M. Nathan Gallant et des enquêteurs…

La suite se superposa au raclement d'une chaise sur la céramique – celle d'Adam Kovac revenu s'asseoir.

– Monsieur Gallant, amorça l'enquêtrice, voudriez-vous nous mentionner votre occupation, votre statut et votre âge ?

– Je suis le fondateur, propriétaire et éditeur d'un mensuel appelé *Québec Nature*. J'ai 41 ans. Célibataire, je suis de citoyenneté canadienne.

– Et américaine, ajouta-t-elle.

– En effet.

– Pouvez-vous nous rappeler les circonstances justifiant ce double… privilège ?

Dans son complet-veston racé, Nathan Gallant ramena avec élégance sa longue jambe droite sur sa gauche.

– À une certaine époque, le Québec a connu un exode massif de ses professionnels de la santé. Alléchés par l'offre qu'on leur faisait, mes parents, deux neurochirurgiens, ont été de ceux-là. Ils se sont établis à Denver, Colorado ; j'y suis né et, de la sorte, j'ai acquis la nationalité américaine.

Elle le remercia d'un signe de tête.

– J'aimerais que vous m'expliquiez maintenant, réclama-t-elle, le but que vous poursuiviez, monsieur Gallant, en vous présentant à Sophie Plourde sous l'identité de l'éditeur associé du *National Geographic*.

– Je suppose… Je suppose que je souhaitais la connaître.

– C'était pourtant le cas, non ?

– Nous n'avions jamais été présentés l'un à l'autre, je vous le rappelle.

– Et c'est en mentant à Sophie que vous vous proposiez de le faire ?

Il se tut pendant un assez long moment.

– Je ne me drogue pas, finit-il par exprimer. Je ne bois de l'alcool que modérément, et à de rares occasions. Pourtant… Pourtant, je n'arrive pas à comprendre moi-même ce que j'ai fait.

— Nous pouvons peut-être vous aider, suggéra l'enquêtrice. Si vous nous racontiez ?

Il suspendit son mouvement, visant à prendre une gorgée d'eau.

— Le 11 juillet, dit-il, j'ai assisté à un souper-concert à Orford Musique, et madame Plourde… Sophie y était.

Au terme de ce bref préambule, il fit une autre pause, pendant laquelle il dévisagea l'enquêtrice sans en être réellement conscient. Détaché de la réalité, replié sur lui-même, il était soudainement devenu étranger à tous ces instants desquels était exclue une certaine robe à fleurs pêche, ample, touchant presque le sol, et dedans, légère et aérienne, Sophie Plourde.

Réveillé de ses méditations par l'enquêtrice, le « Bonté divine, qu'elle est belle ! » prononcé ce soir-là échappa au témoin.

— Comment avez-vous su que c'était Sophie ?

— Quelqu'un, la personne qui l'accompagnait, l'a présentée aux occupants de la table voisine de la mienne.

Le début de la question suivante, à savoir qui escortait Sophie Plourde, le 11 juillet, à Orford Musique, fut prononcé, en même temps, par Adam Kovac et Jean-Marie Comtois. Au final, le premier termina la phrase. Ce n'était pas la première fois que le Franco-Ontarien avait l'impression d'être, pour le numéro deux du Bureau des enquêteurs, Harry Potter sous sa cape d'invisibilité.

— Dans mon souvenir, répondit Nathan Gallant, une femme était avec Sophie. Mais je ne l'ai pas suffisamment regardée pour vous la décrire.

— Vous ne l'aviez jamais vue auparavant, Sophie ? insista l'enquêtrice.

— Avant ce 11 juillet-là ? Je vous l'ai dit : non, répondit-il d'une voix lasse.

– Même pas en photo ?

– Non.

– Sur Facebook, pourtant...

– Je ne fréquente pas les médias sociaux, s'impatienta-t-il.

Sauf pour les besoins de son magazine. Mystifiant l'internaute surfant sur sa page, il y apparaissait, méconnaissable, en ado à grosses lunettes, long comme un crayon.

– Poursuivez.

Sur papier à lettres à en-tête du *National Geographic*, relata-t-il, il avait écrit, le 11 juillet, tout de suite après avoir quitté le souper-concert, un mot à l'épouse de son collaborateur. Il avait signé la lettre du nom de l'éditeur associé du *National Geographic* qu'il prétendait être. Ce dernier possédant une maison patrimoniale à North Hatley, il expliqua s'y être installé afin de garder un œil sur les réfections auxquelles on y procédait en l'absence du propriétaire des lieux.

– J'ai reçu un premier appel d'elle, le 13...

Pour Jean-Marie Comtois dont le bras droit était tendu en direction de feuilles recensant les coups de fil que Sophie Plourde avait passés ou reçus au cours de son séjour au *Jardin du petit pont de bois* :

– C'est via une cabine téléphonique qu'elle m'a appelé, l'informa-t-il.

S'adressant de nouveau à l'enquêtrice :

– Ce premier appel a été bref, et a servi principalement à fixer les modalités du second, prévu pour le lendemain. C'est elle qui devait me contacter et elle l'a fait au cours de la soirée du 14.

Il fit tourner son verre entre ses doigts soignés avant d'ajouter :

– À ce moment, je lui ai répété ce que je lui avais écrit dans ma lettre…

– Et qu'est-ce que vous disiez au juste à Sophie, dans cette lettre, monsieur Gallant ? s'enquit l'enquêtrice.

Dans les dossiers professionnels de Sophie Plourde hyper ordonnés, et passés au peigne fin par la police, l'original d'une telle missive n'avait jamais été recensé.

– Rien… Rien de concret, je veux dire… Des généralités…

Mais des « généralités » fournies sous le couvert d'une usurpation d'identité. Un crime aux yeux de la loi entraînant de graves sanctions. Pour prévenir les conséquences de son geste, jusqu'où cet orgueilleux, ce carriériste pourrait-il se montrer prêt à aller ? se demandait l'enquêtrice pendant que Nathan Gallant s'empêtrait dans ses explications.

– J'y faisais une appréciation très générale du travail de son client, boucla-t-il sa justification, en mentionnant que j'aimerais en discuter avec elle de vive voix avant son départ de Stanstead, prévu le 18. J'ai suggéré le 16 juillet.

– Sophie et Pierre-Benoît, c'était facile de savoir où ils s'étaient installés ?

Adam Kovac s'exprimait au retour d'une pause au cours de laquelle à partir de l'écran de contrôle, objectif élargi au maximum, lui et ses deux collègues avaient pu observer l'homme d'affaires arpentant l'aire de stationnement du Central de police. Tout au long de sa marche, l'une de ses mains n'avait cessé de triturer un objet – une clé ? – qui leur avait fait craindre que, selon ses droits, il s'en aille sans achever l'entretien.

– Dans ce trou de nulle part…

Après un rire dur :

– Dans ce trou de nulle part de Stanstead, ajouta Nathan Gallant, plus précisément dans cet encore plus trou de nulle part perdu qu'est le *Jardin du petit pont de bois*.

Adam Kovac, l'espace d'un instant, se surprit à superposer à cet « encore plus trou de nulle part perdu qu'est le *Jardin du petit pont de bois* » la nuque irréprochable d'Eugénie Grondin, rougie par un récent coup de soleil.

— Une destination archiconnue pour toute l'équipe de votre magazine, fit-il remarquer.

— Effectivement.

— Et le propriétaire et fondateur de *Québec Nature* y est allé après avoir écrit sa lettre ?

— Non.

Il fixait, sans ciller, les yeux presque transparents de son interrogateur, mais son pied droit, chaussé de fin cuir de veau, déposé sur son genou gauche, n'en augmenta pas moins d'un cran sa cadence.

— Un homme voit une femme d'une éblouissante beauté, fit valoir Adam Kovac. Elle lui plaît comme jamais aucune femme avant cela...

La tête levée vers le plafond, Nathan Gallant soutenait, à présent, la lumière de l'aveuglant néon.

— Il sait où elle habite, continua le policier, comment faire pour la revoir...

— D'accord...

Énervé :

— D'accord. Je suis allé au *Jardin du petit pont de bois*. C'est vrai.

— Quand ?

— Samedi.

— Long...

— Des petites minutes, tenta de couper court le gestionnaire.

— Dix, quinze...

– Plutôt dix.

– Mais ça pourrait être plus long ? insista Adam Kovac.

– Sûrement pas.

– Comment pouvez-vous en être sûr ?

Conscient que les yeux de silex de cet Adam Kovac ne le lâcheraient pas tant qu'ils n'auraient pas obtenu une réponse qui les satisfasse :

– J'ai regardé ma montre.

– Vous étiez où ?

– Dans le stationnement, dans ma voiture.

– Ensuite ?

– Comment ?

– Qu'est-ce que vous avez fait pendant tout ce temps ?

– Ce n'est pas… Dix minutes, ce n'est pas « tout ce temps ». Je suis… J'étais venu pour ça… Juste pour ça.

– Quoi au juste ?

– La regarder.

Au rappel de ce moment resté gravé dans sa mémoire, au souvenir du visage de Sophie Plourde, que le sourire transformait sans toutefois parvenir à effacer tout à fait l'expression mélancolique du regard, Nathan Gallant nota une accélération fulgurante de son pouls.

– Et c'est arrivé souvent ? le sortit de ses pensées Adam Kovac.

– Comment ?

– C'est arrivé souvent un détour par le *Jardin du petit pont de bois* pour « regarder » Sophie ?

– Ce… Seulement ce samedi-là.

– Elle allait bien ? s'interposa Jean-Marie Comtois.

Il souriait en posant sa question. Et la lueur dans ses yeux très bleus, cernés par les pattes-d'oie, donnait à son visage, capable de se transformer à volonté, une expression d'une grande naïveté et d'une candeur égale.

– Oui… Oui, bredouilla Nathan Gallant.

– Qu'est-ce qu'elle faisait ?

– Elle était seule… Elle parlait… au téléphone.

– C'était le matin, le midi, l'après-midi…

– L'après-midi. Milieu d'après-midi.

En même temps, il essuya avec les doigts, au-dessus de ses grandes lèvres arrogantes, la sueur qui y perlait.

– Moi, lui opposa Jean-Marie Comtois, si une femme du calibre de Sophie Plourde m'avait dit qu'elle m'appellerait le samedi sans spécifier l'heure, et qu'elle l'aurait fait seulement en soirée, même un appel à la bombe n'aurait pas réussi à me faire sortir de mon salon de peur de rater son téléphone…

Puis, pas durement, pas agressivement (c'était donc ça, se dit Lisa Marchal, le mode opératoire de ce Jean-Marie qui sentait le savon) :

– Mais pas toi, monsieur Gallant ?

– C'est possible… C'est possible que je sois passé là-bas plus tard que le… C'est possible que ce soit plus tard…

– Plus tard qu'au mitan de l'après-midi ?

– Possible, oui.

– « Plus tard » comment ? demanda Jean-Marie Comtois.

– Je… Je ne pourrais pas dire, mais… mais c'était plus tard que l'après-midi, maintenant j'en suis sûr.

– Et sûr que c'était le samedi 14…

Haut de gamme ou pas, à ce moment, l'eau de toilette du propriétaire de *Québec Nature* ne réussit pas à atténuer l'odeur de sa transpiration.

« …pas plutôt, suggéra Comtois, dimanche 15. »

Plus tard, repensant à la scène, l'enquêteur allait se dire :

Même si j'avais laissé sous-entendre un point d'inter-
rogation à la fin de ma dernière phrase, je suis à peu près
certain que Nathan Gallant aurait quand même pris ses
jambes à son cou avant la fin de l'entretien.

Car si plus de vingt ans de métier avaient appris au
policier que ses semblables mentent pour des tonnes
de raisons, bien avant son entrée dans la police, il avait
compris que le plus puissant moteur les poussant à fuir,
c'était la peur de la vérité.

6

Elle gara sa voiture de location sur une aire de stationnement bordant le campus universitaire et, une fois les portières verrouillées, jeta un regard sur les parterres fleuris et sur les espaces ombragés où des filles et des garçons joggaient ou flânaient, s'offrant à la douceur de cette fin de journée pendant laquelle Sherbrooke se prélassait, engourdie de bien-être comme un chat au soleil.

Histoire de retrancher quelques minutes à un autre de ses éternels retards, dans le claquement de ses talons heurtant le sol et le froufrou du tissu léger de sa robe d'un bel indigo, elle accéléra le pas.

– Christine ! l'accueillait, à présent, une brunette à lunettes à la voix claire. Que je suis contente de te revoir ! ajouta-t-elle en battant bruyamment des mains.

Le geste, et le bruit qui l'accompagna, fit lever la tête à une poignée d'étudiants squattant, des livres ouverts sur les genoux, un bureau au fond du couloir.

– Tu sens Montréal à plein nez, chanceuse ! continua-t-elle, sans discontinuer de sourire en même temps qu'elle plaquait deux bisous retentissants sur les joues de sa visiteuse.

La pièce dans laquelle elle l'invita ensuite à la suivre était vaste et lumineuse. Des fleurs en pot, des géraniums, égayaient le rebord de deux larges fenêtres.

– Je meurs d'envie, dit-elle refermant la porte derrière elles, de savoir comment on t'a annoncé la grande nouvelle.

Pour avoir lu tant de fois la lettre confirmant son titre de boursière, Christine Savard pouvait la réciter par cœur.

– « *La chaire de Sociologie de l'Université de Montréal, en regard avec votre thèse portant sur l'immigration illégale, est fière de vous accorder le titre de récipiendaire de l'année, dans le cadre de son programme* Forum Nord-Sud, *réservé aux étudiantes et étudiants du troisième cycle universitaire, et de vous remettre, par la même occasion, la prestigieuse bourse qui l'accompagne.* »

– Fé-li-ci-ta-tions ! articula avec force la camarade de la jeune doctorante.

À voix basse, parlant derrière sa main :

– De toute façon, s'il y a quelqu'un qui la mérite cette bourse-là, c'est bien toi !

– Arrête, voyons ! protesta Christine Savard avec un sourire.

– Lorsqu'un jury, réputé impitoyable, reconnaît, par la remise d'une bourse de 50 000 $, renouvelable trois années consécutives, le leadership et l'excellence d'une candidate sur le plan des études supérieures, y a aucun appel au calme qui tienne.

Elle dégagea un siège pour sa flamboyante et blonde invitée, réclamant des nouvelles d'amis et de collègues que l'hôtesse de Christine Savard avait connus au cours d'une année passée à Montréal, dans le cadre d'études postdoctorales.

– Stéphane…

Sans être profonds, les rapports entre les deux jeunes femmes étaient francs et directs.

— Comment il a pris ça, de te voir partir ?

Le drôle de petit escarpin à lacets de Christine Savard accéléra son mouvement d'ascenseur et, un peu tendue, elle se mit à expliquer que ce projet canado-américain, devancé de plusieurs semaines, avait bousculé – c'était peu dire – le devenir du couple qu'elle formait, depuis 18 mois, avec Stéphane Faucher.

— Même si le choix n'a pas été facile, l'appuya l'autre fille avec un accent sincère, je suis sûre que tu as fait le bon. Et j'ai de bonnes raisons de le croire, en commençant par celle-là : ton travail va permettre de braquer les projecteurs sur un problème pour lequel le Canada se voile la face depuis bien trop longtemps.

Elle écarta leurs tasses, dégageant de la sorte un espace où elle appuya ses bras.

— Parce que c'est ça que tu te proposes de défendre dans ta thèse : la nécessité, l'obligation pour les instances gouvernementales de mettre rapidement en place des moyens efficaces afin de régulariser le statut de dizaines de milliers de sans-papiers vivant dans la plus précaire clandestinité. Et pour bon nombre d'entre eux, dissimulés ici, au Québec.

Sans se lever, elle fit jouer les lames d'un store. La lumière d'un ciel zébré de rose et de bleu s'infiltra dans la pièce.

— Et corrige-moi si je me trompe, continua-t-elle, quand je dis qu'actuellement les deux postures les plus répandues chez nous consistent soit à pourchasser les sans-papiers, soit à carrément les ramener à la case départ, c'est-à-dire les renvoyer chez eux.

— À quelques nuances près, ce n'est pas loin de la réalité.

— As-tu pensé, Christine, que c'est loin d'être gagné d'avance ton beau pari ? Parce que faire bouger le mastodonte gouvernemental...

— Et l'accord canado-américain, renchérit son interlocutrice, du « tiers pays sûr », ne viendra faciliter les choses à personne.

La doctorante faisait allusion au fait que, dorénavant, les réfugiés latino-américains, par exemple, rêvant de s'établir au Canada, doivent revendiquer un statut en provenance des États-Unis avant de se présenter à un poste frontière américano-canadien.

— Tu as déjà une petite idée de la durée de ton séjour ici, aux États-Unis et au Mexique ?

— En tout cas, dès ce soir, répondit Christine Savard, je traverse de l'autre côté de la frontière.

— Où tu as déjà pu établir des contacts ?

— Hélas ! soupira Christine Savard, jusqu'à présent, c'est silence radio du côté de la U.S. Border Patrol au Vermont.

— Culture du secret oblige, laissa tomber l'interlocutrice de Christine Savard, repoussant sa chaise avant de proposer d'aller poursuivre leur passionnante discussion autour d'un verre en terrasse.

Au final, ce fut une bonne bière fraîche qu'elles ingurgitèrent et elles durent se contenter d'un resto-bar plein à craquer où il leur fallut hurler pour qu'une phrase réussisse à dominer le vacarme de la puissante chaîne stéréo.

Déclinant l'offre chaleureuse de partager la moitié du loft de sa camarade, Christine Savard réitéra son intention de rouler plutôt jusqu'à Derby Line, au Vermont. Alors que quelques kilomètres seulement la séparaient de son objectif, un panneau, une rude planche de bois sur le bas-côté de la route, annonçant *Jardin du petit pont de bois sur la Tomifobia*, retint son attention. L'envie d'atteindre la frontière canado-américaine ne lui semblant plus, depuis un moment, si urgente que cela, cédant à la fatigue et aux bâillements et, quelque part, à la curiosité, elle parcourut, sur une route poudreuse et cabossée, une distance qui lui parut interminable avant qu'elle n'aperçoive un étroit pont de bois au-delà duquel se dessinèrent de modestes bâtiments assis à même le sol.

Une note écrite à la main précisant que, pour le service, il fallait klaxonner, Christine Savard venait tout juste de se plier à la consigne quand deux silhouettes féminines, bientôt suivies d'une ribambelle de chiens et de chats, apparurent sous le toit en saillie d'une terrasse éclairée par une guirlande de petites ampoules vertes et bleues. Au-dessus de la rivière Tomifobia, avec la lenteur des lourdes embarcations, le soleil, au même moment, basculait de l'autre côté du monde, réduisant le ciel à un pan de ténèbres.

Dans cette lumière incertaine, propre aux crépuscules, Jean-Marie Comtois, à presque 70 kilomètres du *Jardin du petit pont de bois*, s'assurait de la présence de son portefeuille, de ses clés et de ses cartes. Puis, la porte de son studio refermée derrière lui, il plongea vers la cage d'une série d'escaliers à pic.

Une fois dehors, dans une immobilité presque végétale, il enregistra les mouvements de la faune urbaine, le grondement de la circulation alors que, dans une humidité à couper au couteau, pas un souffle ne venait troubler l'air.

Dans la portion de Sherbrooke où on lui avait déniché un logis, entre les laideurs accidentelles et celles voulues par la Ville, s'il pouvait, en un dangereux casse-gueule, entr'apercevoir une infime portion de la rivière Saint-François, son panorama exclusif était celui d'un univers béton-ciment qu'il parcourut, ce soir-là, sur ses éternelles chaussures Converse, silencieux comme un chat. Une réputation d'insécurité collant à certains segments de la rue Wellington Sud, parvenu à la hauteur d'un bâtiment de brique rouge, dont une bande de gros bras désœuvrés occupaient le perron instable, il évita de s'attarder dans le secteur.

Pourtant, une fois en face d'une bâtisse aux fenêtres en sous-sol grillagées, la pratique assidue de sports ayant permis au quinquagénaire de conserver toute sa souplesse juvénile, il en descendit, alerte, l'étroit escalier. Sans même avoir encore franchi le seuil de la place, il était persuadé que, comme à Montréal, Toronto ou Vancouver, odeurs d'alcool combinées avec celles du hasch, il était sur le point de pénétrer dans un des centres névralgiques de la cité.

En bas, une fois poussée la porte blindée du bunker, il accéda à une salle voûtée, dépourvue d'aération.

Assistance nombreuse et majoritairement masculine.

Des Noirs, des Latinos, des Blancs.

Une masse compacte de corps moites, malodorants et récalcitrants. Tassés, indélogeables, à la hauteur d'une estrade que l'œil n'affrontait qu'à ses risques et périls alors que des spots puissants éclairaient un individu bodybuildé larguant, sous les sifflets et les obscénités, un string noir brodé de strass, formant le mot *étalon*.

– Homo jusqu'à l'os ! rota, à cet instant, pour la salle, un gros lard à qui deux frêles filles à peine pubères servaient d'escorte.

Adossé, littéralement collé au bar en forme de fer à cheval, Comtois frôlait à ce moment, avec son épaule de dur à cuire dans sa chemise sport bordeaux, la combinaison de moto du bouffi de graisse.

« Qui ne vaudra jamais, postillonna celui-ci à l'intention de l'enquêteur, le cul de celle-là. »

Celle-là c'était, dans son maillot ficelle, la star du prochain numéro, accueillie par un tonnerre d'applaudissements. À ce moment, confronté aux yeux surchargés de mascara de la barmaid, Jean-Marie Comtois réclama une Budweiser bien froide.

Le temps que sa bière lui parvienne, le délire dans la place avait atteint un tel niveau sonore que *Hungry Heart*, poussé par une puissante chaîne stéréo, se réduisait à un misérable bruit de fond. Au plus près de l'estrade, cependant, les membres d'un petit groupe, plus hystériques encore que le reste de la salle, ivres morts, décravatés, dépoitraillés, réussissaient à dominer le vacarme.

Au moment du nu intégral de la grande blonde juchée sur des talons aiguilles à semelle rouge, un dénommé Mark, dont les autres 100 % testostérone scandaient le nom à tue-tête, s'empoignant l'entrejambe, devint intarissable sur son contenu.

Dans le lot des excités, nota Jean-Marie Comtois portant le goulot de sa bière à ses lèvres, le Mark en question était le seul à déshonorer l'uniforme vert olive de la fière U.S. Border Patrol.

7

21 juillet

Le *piercing bridge* de Laura Ross, c'était, ce matin-là, deux fines perles en forme de soleil.

– C'est hier, dit-elle à propos de la barrette oubliée par l'enquêtrice lors de sa dernière visite au *Café de la gare*, qu'Éva, ma plus ancienne serveuse, a constaté qu'elle avait pris la vôtre pour la sienne.

Elle fit taire, à la radio, le bulletin des plus récentes mauvaises nouvelles du monde.

– Même couleur, même style que celle que j'ai vue dans les beaux cheveux de Sophie, ajouta-t-elle au terme d'un silence ému, avant de rendre l'ornement à sa propriétaire.

Une barrette en forme de clé recourbée, offerte à Lisa Marchal par Anthony, son mari, qui avait fait graver dessous « *La clé des champs, escapades à venir* ».

Le « *à venir* » avait largement rempli sa promesse.

– Du nouveau pour Sophie ? s'entendit demander l'enquêtrice.

– On y travaille très fort, résuma-t-elle, penchée au-dessus d'un délicat vase transparent (chaque table ayant le sien). C'est nouveau, ça, non ?

Des bougies à la cire d'abeille.

– C'est un client qui me les a offertes, expliqua Laura Ross. Gloria, ma cuisinière, a ses coordonnées si ça vous intéresse.

Plus tard, au cœur de son rucher, Lisa Marchal irait rencontrer le généreux donateur du *Café de la gare* : un petit et inoffensif curé écolo.

– Le 11 juillet, rappela la policière, c'était un mercredi, vous vous souvenez…

– Tu te…

– …souviens de ce que tu as fait, ce jour-là ?

Après un quart de travail supplémentaire au resto, Laura Ross mentionna s'être offert le forfait « Souper-Concert » d'Orford Musique.

– Avec Sophie ?

– Pourquoi, rigola la restauratrice, ai-je l'impression que ce n'est pas une vraie question ?

Portant deux verres de vin sur un plateau, elle se dirigeait au même moment vers l'enquêtrice.

– Quelqu'un y est allé avec vous ?

– Le mari de So était de l'autre côté de la frontière et un ami, le proprio de la pâtisserie d'à côté, a bien offert de nous accompagner, mais il a en a été empêché par le rhume d'une de ses filles.

– Parle-moi de Sophie au cours de cette soirée, réclama Lisa Marchal avant de prendre une gorgée de son vin d'anis (qui n'allait pas lui faire regretter son thé vert).

Le « Bonté divine, qu'elle est belle ! » échappé à Nathan Gallant trouva son écho dans un « zéro défaut » pour décrire l'apparence, la tenue et le visage de la racée Sophie Plourde.

– Elle a fait fureur auprès de quelqu'un en particulier ?

– Tu veux dire…

Lisa mima les grandes lèvres du fondateur de *Québec Nature*, leur expression hautaine et maussade.

— Nathan Gallant ? devina Laura Ross sur un ton de sécheresse méprisante.

— C'est lui qui publie le travail nord-américain du mari de Sophie.

— Ah ouais ?

— Tu as eu l'impression qu'ils se connaissaient, Sophie et lui, quand tu les as vus ensemble le 11 juillet ?

— Jamais de la vie !

— En tout cas, rusa l'enquêtrice, elle aurait pu le remarquer : plutôt beau bonhomme, le Nathan, tu ne trouves pas ?

Les yeux de biche de la jeune restauratrice prirent une expression dure.

— Pour ma part, disons… disons que, dans un moment d'enthousiasme, même si je n'aime pas les chauves, je l'ai trouvé… intéressant. Si jamais il lui arrive de dire autre chose…

— Il pourrait ?

— Comment ?

— Dire autre chose, il pourrait, Nathan ?

— Lui !

À partir du comptoir de service, à ce moment, un appel à l'aide se fit entendre.

— Si je n'y vais pas tout de suite, chuchota Laura, quittant précipitamment sa chaise, elle risque, minimum, de ligoter ma Gloria avant de la servir au plat principal.

Le temps de finir son verre, son interlocutrice étant toujours retenue dans l'arrière-cuisine, l'enquêtrice regagna son véhicule. Assise derrière le volant, elle rumina ce « Lui ! » échappé à Laura Ross à l'évocation du propriétaire de *Québec Nature*. Un « Lui » chargé d'un tel dédain qu'au cours du trajet, entre Stanstead et Sherbrooke, par la pensée, Lisa Marchal ne cessa d'en explorer les avenues.

– Tiens, t'es là, toi ! interpella-t-elle son collègue en entrant dans le local des enquêteurs.

L'intonation amicale et familière, tout autant que le tutoiement à l'endroit de Jean-Marie Comtois, datait du traditionnel petit déjeuner offert chaque samedi au personnel du Central, par la direction. Une pause au cours de laquelle, avant de se lancer dans le tourbillon débile des heures qui filent, horaire de travail, promotions, prochaines affectations et potins alimentaient les conversations. Toutefois, au dernier « beignes et café », un seul sujet avait accaparé l'assemblée bruyante : le diagnostic de cancer auquel faisait face la responsable des policiers en uniforme du poste 441.

Les prédictions pessimistes la concernant allaient s'achever sur l'avis (appuyé par une grande partie du groupe) que la seule issue restait, pour la cheffe, la retraite anticipée, quand Jean-Marie Comtois, sur ses chaussures Converse un brin fatiguées, avait laissé tomber avec son inimitable naturel :

– Mais c'est un sein qu'on parle de lui enlever, là, à Martha, hein ? Pas le cerveau !

Une réflexion qui n'avait pas encore fini de faire rêver Lisa Marchal : les possibilités immenses, se disait-elle, qu'ouvrirait un monde géré par le simple et gros bon sens.

Séparés, à présent, par quelques mètres carrés de plancher terne, profil contre profil, la tranquillité des lieux même pas parasitée par la sonnerie du téléphone, les deux enquêteurs remplissaient la paperasse, seule activité constituant le fond sonore de la place. Jusqu'à ce que Jean-Marie Comtois, faisant pivoter son fauteuil pour faire face à sa coéquipière, mentionne que Pierre-Benoît Lemaire avait téléphoné.

– Y a longtemps ?

– Une heure, une heure et demie, répondit l'enquêteur après avoir retroussé la manche de sa chemise pour regarder l'heure.

– Je ne lui ai jamais parlé. Il t'a semblé comment ?

– Si son chagrin n'est pas réel, c'est un maudit bon comédien.

– Ça s'est déjà vu, lança-t-elle, fataliste, à son coéquipier avant de quitter un instant du regard l'écran de son ordinateur sur lequel elle déchiffrait des données, et de demander ce que voulait le photographe.

– Connaître le contenu de ce que votre labo a rassemblé après le crime.

– Pour quoi faire ?

– La famille de Sophie et lui tiennent particulièrement à quelque chose…

Dans le même temps, Jean-Marie Comtois extrayait avec d'invraisemblables contorsions ses jambes interminables de sa table de travail, coincée entre la machine à café et un mur du coin-cuisine.

– Il a parlé d'un bijou…

Pour elle-même, l'enquêtrice répertoria les alliances, la montre et la chaîne retrouvées sur la scène de crime.

– Un truc de filles. Quelque chose que Sophie mettait dans ses cheveux.

Lisa interrompit le clic, clac, clic, clac de ses doigts sur le clavier de son ordinateur.

– Semblable à ça ? demanda-t-elle.

Dans une pose élégante, elle montra la barrette qui retenait son lourd chignon roulé en macaron au ras de la nuque.

— Exactement, confirma-t-il. Métal, résine, pierres…

— En forme de clé, complétèrent-ils avec une belle unanimité.

Sitôt les mots « en forme de clé » prononcés, rattrapés par un souvenir, un coup sur la tête n'aurait pas mieux réussi, à ce moment, à donner aux enquêteurs un air plus hébété.

8

Les mains en paravent, le nez collé à la vitre, ils avaient fouillé du regard ce que les rideaux entrouverts laissaient apercevoir du contenu de la *cabin* qu'avait occupée, au *Jardin du petit pont de bois*, le couple Rondeau.

— Les oiseaux ont quitté le nid, on dirait, constata Leonard.

Renseignements pris, Yvon et Francine Rondeau, née Pelletier, étaient arrivés au *B&B Le Champêtre* de Georgeville dans la soirée du 12 juillet — et non le 16, tel que l'avait soutenu le touriste saguenéen.

— Mais pour le confirmer, continua le Gaspésien, pas d'assistante…

Une main sur la poignée de la portière de leur voiture :

— « Jolie », « compétente », c'est ça que t'as dit, hein ?

Adam Kovac, après un regard supplémentaire en direction de la barrière de bois blanc isolant la maison du reste de la cour, commença à marmonner quelque chose, interrompu par un véhicule, les dépassant dans un nuage de poussière.

Le temps de franchir l'espace les séparant de la petite cylindrée…

— Pardon…

Chaussures de toile colorées, jean, chemisier sans manches et, dans les yeux, une frange de cheveux couleur de blé mûr (qui ne devait rien à aucun colorant), Christine Savard sursauta avant de se retourner.

— Désolé, s'excusa l'enquêteur, je vous ai fait peur…

Elle secoua la tête pour montrer qu'elle n'en voulait pas à l'homme qui la regardait bien en face de ses yeux d'une couleur irréelle.

— Bureau des enquêteurs de Sherbrooke. Adam Kovac, s'identifia-t-il, exhibant son badge. Et mon collègue le policier Leonard, ajouta-t-il, son pouce dirigé vers le plus ancien inspecteur que comptait son unité.

Christine Savard se présenta à son tour, allongeant une main longue et parfumée à l'intention de ses interlocuteurs. Autour de son poignet, retenue par un ruban bleu, une clé USB tenait compagnie à un nombre impressionnant de bracelets indiens : onze à droite, autant à gauche.

— Vous êtes pressée ? s'informa Adam Kovac.

— Un peu. Mais si je peux vous être utile…

Elle rassemblait, au même moment, sur la banquette arrière de sa voiture, en une seule pile, livres et revues qu'elle engouffra ensuite dans un sac à dos déposé à ses pieds.

— Professeure ?

— Doctorante, rectifia-t-elle à l'endroit d'Adam Kovac, après avoir refusé d'un sourire et d'un geste de la main son offre d'aide.

— Quel domaine ?

— Comme dirait mon directeur de thèse : pour être bref en abrégeant, les mœurs.

Le ton sec qu'elle avait emprunté pour imiter son prof fit rire les enquêteurs.

— Le bien, le mal ? demanda Leonard.

– Entre autres choses, oui.

– En tout cas, poursuivit le policier, ici, le mal, vous ne devriez pas avoir trop de misère à le trouver.

Christine Savard jeta un regard en direction des rubans en PVC encerclant le périmètre du bâtiment des douches.

– Je suis au courant, dit-elle.

Si, la veille, en prenant la route menant au *Jardin du petit pont de bois*, le récit qu'avaient fait les médias de la mort de Sophie Plourde lui était sorti de l'esprit, depuis le matin, les terribles détails entourant l'affaire ne quittaient plus son esprit.

– Vous trouvez ça normal, demanda-t-elle sondant les visages des policiers, toute cette violence faite aux femmes ?

Ils dirent que non.

– Pourtant, les chapitra-t-elle, tant qu'elle continuera de se fondre dans la « violence tout court », on restera dans le déni total de la réalité.

– Peut-être, argumenta Leonard, parce que la réalité n'est pas aussi *drette* qu'on pense.

– Vous voulez dire…

De son accent breveté 100 % Gaspésie, il expliqua que si les femmes sont les premières victimes de la violence que Christine Savard dénonçait, il fallait aussi admettre que les hommes n'en avaient malheureusement pas l'exclusivité.

– C'est vrai, convint-elle.

Franche, naturelle, directe :

– Empirons-nous à mesure que nous nous libérons ?

Adam Kovac, bien trop terre à terre pour voler à cette hauteur, profita d'une pause dans l'échange pour s'informer du moment de l'arrivée de leur interlocutrice chez Irène Roblès.

– Hier.

Y avait-elle croisé quelqu'un ?

– Une femme et un homme...

Christine Savard élargit les bras pour montrer un imposant tour de taille.

– ...à qui le garçon qui donne un coup de main, ici... Vous le connaissez ?

– Tomas Saint-Arnaud ?

– Si ma mémoire est bonne, le gros monsieur lui a dit être amateur de bons vins et vouloir quitter sa *cabin* pour ça : se rapprocher des producteurs de la région. Tomas lui a mentionné un vignoble, dont le nom ressemble au « Socle noir »... C'est possible ?

Ils la remercièrent chaleureusement avant de lui souhaiter un bon séjour dans la région.

– Vous pourriez, répliqua-t-elle avec une bonne dose de sarcasme, passer le mot au sommier de mon lit ?

– Parce qu'ils sont toujours à ressorts ? demanda Adam Kovac, ne pouvant retenir un sourire.

Elle fit signe, lentement, avec la tête, que oui.

– Et... (*un regard autour de lui, comme s'il craignait d'être entendu*)... et la climatisation ?

– Nulle !

– Mais bruyante ?

– Jamais autant, ironisa-t-elle avec un mélange d'irritation et d'amusement, que les jacassements, à l'aurore, des oiseaux aux mangeoires.

Plus tard, par le pare-brise de leur voiture, ils la suivirent des yeux alors qu'elle repoussait derrière l'épaule ses longs cheveux qui lui faisaient une traînée de lumière, semblable à celle que l'on aperçoit dans le sillage des comètes, fit remarquer Adam Kovac. Au même moment, quittant la cour, Leonard engageait leur véhicule sur un étroit chemin de terre à l'issue duquel apparut la route 247.

Chacun à ses pensées, les policiers la parcoururent dans un silence mur à mur jusqu'à ce que Leonard, des kilomètres plus loin, dans l'éblouissante blancheur de l'heure du midi, ne lâche :

— Belle à mort avec ça !

Ils venaient, à ce moment, d'atteindre Fitch Bay. Niché sous un vert feuillage, en face d'eux, *Le Clos du Roc noir*. À portée de regard du vignoble, véritable décor de carte postale, pouvant lui aussi prétendre à un patrimoine génétique irlandais, ils découvrirent un tapon de tentes, de roulottes, de maisons motorisées et de tentes-roulottes éparpillées autour d'une dizaine de minuscules bungalows. Du préposé à la guérite, ils apprirent que les Rondeau venaient d'emménager dans la huitième unité de vacances du site de villégiature.

Le temps pour les deux enquêteurs de remonter une allée de sable fin et, à partir de sa maisonnette écoresponsable, Yvon Rondeau aperçut leurs silhouettes. Tout de suite, il pensa à des zélés que les Témoins de Jéhovah auraient largués dans les parages. Jusqu'à ce qu'il reconnaisse, à côté d'un grand maigre en bermuda, ce policier aux yeux de husky, rencontré au *Jardin du petit pont de bois*. Il crut, pendant un moment, pouvoir ignorer leur présence, mais, bien vite, les martèlements, puis les coups qu'ils administrèrent à la porte, le convainquirent du contraire.

— Je dormais, les accueillit-il avec un regard chargé de reproches. Qu'est-ce que vous voulez ?

— Vous parler, lui signifia Adam Kovac.

— À quel sujet ?

— Si vous nous permettez d'entrer, on vous en fait part tout de suite.

Pour quelqu'un de sa corpulence, les mouvements d'Yvon Rondeau étaient énergiques, avait déjà pu observer l'enquêteur. Pourtant, ce jour-là, ce fut lourdement, et sans empressement, que le gros homme ouvrit la porte aux deux officiers.

— Ma femme est en excursion, il ne lui est rien arrivé ?

Enregistrant l'intérieur de la maisonnette (avant d'atteindre le chiffre 10, les enquêteurs en avaient fait le tour), Adam Kovac dit qu'il voulait seulement échanger quelques mots avec lui.

— Mais comme on ne vous a pas trouvé chez madame Roblès…

— Je sais. On avait réservé pour un séjour plus long, mais Francine trouvait le *Jardin du petit pont de bois* vraiment inconfortable.

En évitant d'employer un ton trop officiel, Adam Kovac dit vouloir connaître la date d'arrivée du couple dans la région.

— Comme je vous l'ai mentionné, déclara Yvon Rondeau faisant passer, dans le même temps, par-dessus la tête les courroies des jumelles qu'il portait au cou, le 14.

Exprès l'enquêteur ne releva pas l'arrangement fantaisiste que l'homme prenait, de nouveau, avec le calendrier.

— Vous savez, commença-t-il, qu'une jeune femme…

— Je l'ai appris, oui. J'en ai entendu parler.

— Vous savez peut-être aussi que c'est le 15 juillet qu'elle a été assassinée.

— Non. Ça, je ne le savais pas.

Tirant vers lui une des quatre chaises entourant une table de bois blond, Yvon Rondeau désigna du menton, à ses visiteurs, restés debout à la hauteur d'un distributeur d'eau, une paire de fauteuils prune.

Ni Leonard ni Adam Kovac ne bougèrent.

— Actuellement, continua ce dernier, on procède à des recoupements : identifier, dans un premier temps, toutes les personnes susceptibles d'être passées par le *Jardin du petit pont de bois*, le 15 juillet.

Il ouvrit son carnet.

— Vous souvenez-vous de ce que vous avez fait, ce jour-là, monsieur Rondeau ?

— C'est loin dans le temps, mais je dirais, parce qu'on est là pour ça : de l'observation d'oiseaux. Ici. À Fitch Bay.

— Votre femme et vous ?

— Francine et moi, oui.

— Et chez Irène Roblès…

— J'ai mis les pieds là-bas pour la première fois quand on s'est installés chez elle, autour du 17 ou du 18 juillet.

Il posa alors une main grasse et pâle sur la table, repoussant avec l'index la peau de l'ongle de son pouce, martyrisée jusqu'au sang.

— Vous avez fait de l'observation d'oiseaux jusqu'à quelle heure, le 15 juillet ?

— Jusqu'à ce que la lumière du jour le permette.

— Et, en soirée, monsieur Rondeau ? insista Adam Kovac. Vous vous rappelez ce que vous avez fait ?

Tentant de ne pas laisser voir qu'il consultait sa montre, Yvon Rondeau mentionna une initiation au yoga à laquelle son épouse avait participé.

— Moi, j'ai fait une excursion à bord du bateau de croisière *Le Grand Cru*.

Faisant frémir, en se levant, les chairs molles de ses lourdes cuisses :

« Vous voulez voir ce qui reste de mon ticket d'embarquement ? »

Avec sa démarche de canard, il se dirigea vers l'une des trois pièces que comptait la maisonnette, celle appuyée à une salle de toilette dont on entendait l'hélice d'un ventilateur. Lorsqu'il en revint, il exhibait une moitié de papier froissé, portant l'estampille officielle du Groupe Escapades, en date du 15 juillet.

Les enquêteurs prirent congé du touriste, après l'avoir remercié. Une fois dehors, dans la matinée d'un ciel sans nuages, Adam Kovac demanda à son coéquipier si quelque chose l'avait frappé chez Yvon Rondeau.

– Son odeur !

Leonard plissa le nez au rappel de l'effroyable orgie florale dégagée par l'homme.

– Garanti que je lui demanderais pas le premier *slow*, celui-là.

– Et comment il était à notre arrivée…

– Il crachait le feu.

– Et ce qu'il a dit ?

– Qu'*i* dormait.

Se glissant derrière le volant :

– Avec une affaire de même dans le cou.

Il pointait, sur le tableau de bord, les jumelles de son collègue.

Par la suite, ils purent établir que Francine Rondeau n'avait pas participé à une séance de yoga, le soir de la mort de Sophie Plourde, mais à une initiation à la méthode Pilates en compagnie d'une dizaine d'invités du gîte touristique où le couple avait séjourné, avant de s'installer au *Jardin du petit pont de bois*.

– Quant à Yvon Rondeau, expliquait à présent Adam Kovac s'adressant à son chef, à partir de la description qu'on en a faite à l'un des deux guides sur le bateau de croisière – le seul qu'on a réussi à joindre –, il nous a affirmé ne garder aucun souvenir de la présence du touriste à bord.

Le capitaine accusa réception de l'information d'un hochement de tête, après avoir sauvegardé le rapport confirmant que l'échantillon de sperme fourni par Pierre-Benoît Lemaire contenait le même ADN que celui recueilli par le médecin légiste au cours de l'autopsie.

– Plus troublant : au terme de la sortie sur le lac Memphrémagog, une photo souvenir a été proposée aux passagers. Sur celle offerte aux excursionnistes du 15, on remarque qu'Yvon Rondeau est désespérément absent.

– Il aurait acheté un billet, suggéra le chef, mais ne serait pas monté à bord. C'est ce que vous croyez ?

En même temps, avant de se lever, le capitaine fourra une feuille imprimée dans la poche de son veston déformé par les papiers et les rapports qui y séjournaient.

– C'est pour ça, acquiesça Adam Kovac, qu'on se propose de débarquer une autre fois à Fitch Bay…

– …en ne perdant pas de vue, le mit en garde son chef, qu'Yvon Rondeau a été, jusqu'à maintenant, un brillant prof – doctorat en langues étrangères, rien de moins – à qui, selon des renseignements obtenus, on ne peut même pas reprocher une infraction au code de la route. Aussi, à ce stade, toute insistance de notre part pouvant être interprétée comme une sorte de harcèlement criminel…

– Mollo ?

Sur la recommandation de Lisa Marchal, les policiers, à présent, changeaient l'angle de leurs chaises, l'exercice visant à ce que chacun puisse avoir une vue sur l'écran, plein mur, dressé par leur collègue.

– Regardez bien.

Elle venait de libérer des photos représentant un homme à la carrure impressionnante. Chauve sur le devant de la tête, il était vêtu avec style et élégance.

– Nous sommes le 20 juillet, précisa l'enquêtrice. Et au cours d'une pause entre deux rounds de l'entretien que Nathan Gallant nous a accordé, il prend l'air du *parking*. Cigarillo dans la main droite...

– Améliore l'image, suggéra Adam Kovac.

Lisa Marchal cliqua sur *réglage* afin d'obtenir un maximum de précision.

– Dans l'autre, reprit-elle, il tient quelque chose...

– Une clé, non ? intervint de nouveau son collègue.

– Justement !

Mentionnant ne pas avoir accordé, sur le coup, d'importance à la chose, Lisa Marchal leur relata l'air de famille que Laura Ross avait trouvé entre sa barrette (métal, résine, fausses pierres) oubliée par elle au *Café de la gare*, et celle que la restauratrice avait, quelques jours plus tôt, remarquée dans les cheveux de Sophie Plourde.

Jean-Marie Comtois fit suite au récit de sa collègue en évoquant le récent coup de fil de Pierre-Benoît Lemaire. Un appel au cours duquel le photographe avait mentionné vouloir informer le poste de police que la famille de Sophie et lui-même désiraient, une fois l'enquête terminée, récupérer tout ce qui avait appartenu à sa femme.

– Il tient particulièrement à remettre la main...

– ...sur une barrette ayant la forme d'une clé, le devança Adam Kovac pointant son index, sur l'écran géant, vers la main de Nathan Gallant.

De l'avis de Jean-Marie Comtois, Adam Kovac était, professionnellement parlant, un individu discipliné auquel il reconnaissait non seulement de bonnes manières, mais une distinction certaine. Mais alors pourquoi, se désespérait le Franco-Ontarien (sans trop de sympathie pour le fautif), se croyait-il toujours obligé de pousser le premier cocorico ?

– À partir de ces deux « coïncidences », reprit-il, on a décidé de relancer Pierre-Benoît Lemaire en lui demandant de nous décrire le plus exactement possible la barrette qu'avait possédée sa femme…

Il se tourna vers le capitaine, lui laissant le soin de poursuivre.

– Il a fait mieux que ça, laissa tomber celui-ci.

Le contenu du fichier informatique que Pierre-Benoît Lemaire leur avait expédié avait été soumis au savoir-faire des techniciens de la police judiciaire. À la même échelle graphique, les photos, réalisées à l'occasion du 25e anniversaire de naissance des sœurs Plourde, avaient été juxtaposées aux images que les caméras de surveillance avaient captées du patron de *Québec Nature*, le 20 juillet, dans le stationnement du Central de police.

En jouant sur la densité optique, une évidence était alors apparue : l'objet, dissimulé entre le pouce et l'index de Nathan Gallant, et que les policiers, la veille, avaient pris pour une clé, coïncidait point par point avec la barrette que Véronique Plourde offrait, rose de bonheur, deux ans plus tôt à sa sœur jumelle.

– Des agents du poste 441, continua le chef, vont bientôt se mettre en route pour informer Nathan Gallant de ses droits. Leonard, tu te greffes à l'équipe chargée de perquisitionner au domicile de notre homme. Quant à Lisa et toi, Adam, vous vous chargerez de l'interrogatoire pendant que Jean-Marie et moi on va aller user nos semelles en un autre joyeux porte-à-porte auprès de tout ce qui grouille autour du *Jardin du petit pont de bois*.

En dépit de sa capacité largement éprouvée à conduire avec minutie un interrogatoire, Jean-Marie Comtois s'était délibérément mis en retrait de la procédure d'instruction à venir. Ce qui ne l'empêchait pas, à ce moment, d'être en proie à un sentiment de dépossession semblable à celui où, allant sur ses 11 ans, il voyait la superbe bicyclette CCM Mustang Marauder jaune – aux décalques de Batman – lui filer sous le nez au profit de son frère aîné, fainéant comme une couleuvre, mais numéro un des élans de tendresse parentaux.

Lui-même, en ce Noël de 1975, avait dû faire ses grands dimanches d'une Timex d'occasion, bracelet extensible, 10 fois trop grand pour le poignet du ti-cul qu'il était à l'époque.

9

La première partie de l'interrogatoire de Nathan Gallant avait essentiellement porté sur son emploi du temps le soir du meurtre de Sophie Plourde.

— Q. *Vous avez l'habitude de vous entraîner seul à l'épée ?*

— R. *Ça m'arrive.*

— Q. *Plus souvent qu'avec un partenaire ?*

— R. *Moitié-moitié.*

— Q. *Quand vous vous entraînez avec quelqu'un, c'est avec une personne en particulier ?*

— R. *Un ami. Charles St-Laurent. Mais ce soir-là, il n'était pas disponible.*

— Q. *C'est ce qu'il vous a dit ?*

— R. *Pas... Pas comme ça... Mais je sais, à cause de la planification serrée des concerts qu'il organise à ses cafés-terrasses, qu'il est toujours super occupé les fins de semaine.*

— Q. *À quelle heure avez-vous quitté la salle d'armes, le dimanche 15 juillet ?*

— R. *Autour de 22 h.*

— Q. *Plus ou moins 22 h ?*

— R. *Je dirais... Je dirais passé 22 h.*

— Q. *Et vous étiez arrivé là-bas, nous avez-vous dit, aux alentours de 18 h 30 ?*

— R. *Exactement.*

— Q. *Pourtant, si votre signature apparaît dans le relevé des entrées, au moment de votre départ, le journal de bord de l'endroit, lui, affiche un espace vide à côté de votre nom. Vous savez pourquoi ?*

— R. *J'ai dû... Ça m'arrive souvent... J'ai dû oublier de signer.*

Entre-temps, au domicile de Nathan Gallant, l'équipe d'investigation avait mis la main sur une barrette, bien visible sur un buffet à miroir, entre un nu en bronze et d'extravagantes sculptures. Considéré comme un élément important de l'enquête, l'ornement resterait, toutefois, tant que les résultats des tests ADN à venir ne seraient pas connus, à des années-lumière de la valeur d'une empreinte génétique.

— Sophie Plourde, monsieur Gallant, possédait une barrette comme celle-ci, attaqua Lisa Marchal, son index montrant, sur la table de la salle d'interrogatoire, sous scellé, l'objet en question.

— Mais ce n'est pas la sienne.

Le fondateur de *Québec Nature*, qui semblait avoir pris vingt ans et être maintenu sous perfusion par son conseiller juridique, avait choisi d'adresser sa réponse à une haute horloge murale.

— C'est celle de qui, dans ce cas-là ?

— Personne.

Il s'exprimait de mauvaise grâce.

— Je marchais, je me rendais au travail, expliqua-t-il d'une voix dure. Y avait une vente-trottoir sur la rue Wellington. Des commerçants avaient exposé leur bric-àbrac… Je suis passé à côté d'un étal… J'ai allongé le bras et…

Il laissa sa phrase inachevée.

– Et ? insista-t-elle.

– Je l'ai prise.

– Vous volez souvent, comme ça, monsieur Gallant ?

Avant qu'elles ne disparaissent au fond des poches du jean griffé Armani, l'enquêtrice regarda les mains vigoureuses du directeur de *Québec Nature*. L'espace d'un instant, elle leur substitua celles qu'elle prêtait au meurtrier du *Jardin du petit pont de bois* au moment où il expulsait alliances, montre et chaîne en or du fabuleux sac Falabella bleu électrique de Sophie Plourde. *À la recherche – pourquoi pas ? – d'une embarrassante fausse lettre ?* ne put-elle, une autre fois, s'empêcher de penser.

– Et des objets féminins, continua-t-elle, il vous arrive rarement, parfois ou souvent d'en subtiliser à l'insu de leur propriétaire ?

– Je vous l'ai dit… Ç'a été un geste inconscient… Ne cherchez… Ne cherchez pas plus loin.

– Aussi vite pensé, aussi vite fait, synthétisa-t-elle.

S'appuyant contre le dossier de sa chaise :

– Quand ?

– Pardon ?

– Quand l'avez-vous volée ?

– Longtemps… Il y a longtemps.

– C'est-à-dire ?

– *Longtemps,* s'interposa l'avocat de Nathan Gallant, signifie « pendant un long espace de temps ».

Chargé d'assurer la défense du fondateur de *Québec Nature* à un tarif horaire exorbitant, récipiendaire du prix « Avocat émérite », l'homme de loi exhibait, ce jour-là, l'épinglette qui lui valait d'adjoindre à son nom l'abréviation « Ad. E. ».

– Son contraire dans le contexte, poursuivit-il, serait « très peu de temps ». Expression que l'on pourrait accoler, par ailleurs, laissa-t-il tomber avec une nonchalance étudiée en même temps qu'il retroussait la manche d'un pull-over mandarine pour y consulter l'heure, au temps qu'il vous reste pour retenir, sans motif, mon client dans vos locaux.

– Monsieur Gallant ? revint à la charge Lisa Marchal, avec une insistance polie, mais que l'on sentait difficile à décourager. Quand avez-vous volé cette barrette ?

– Autour... Vers le milieu du mois.

– Lequel ?

– Juillet.

– Vous souvenez-vous exactement de la date ?

– C'était, articula-t-il très bas, le 14... Le 14 juillet.

– Le jour où, dans un précédent interrogatoire...

– Mon client...

L'avocat quitta des yeux le carnet de cuir marocain dans lequel il prenait des notes.

– Mon client, s'interposa-t-il, n'a, jusqu'à cet halluci-nant exercice d'aujourd'hui, jamais été soumis à un quel-conque « interrogatoire », je vous le rappelle.

– Le jour où, au cours d'un précédent entretien, rectifia Lisa Marchal appuyant lourdement sur le dernier mot, vous avez reconnu vous être rendu au *Jardin du petit pont de bois* ?

– Effectivement.

– Et vous avez volé cette barrette avant ou après être passé là-bas ?

En provenance de la propriété d'Irène Roblès, se succé-dèrent en rafale, dans l'esprit de Nathan Gallant, une série de souvenirs : le carré de soie flashant d'une grosse blonde avec de toutes petites longues-vues ; le survêtement, au ras des fesses, d'un ado boutonneux qu'une fille asiatique en collants noirs avec des brillants semblait traîner dans la place ; et puis le petit, si petit bikini à pois...

– Monsieur Gallant ? le pressa Lisa Marchal.

– Av... Avant.

– C'était important que vous ayez la barrette en votre possession avant de vous rendre à Stanstead ?

– Assez, oui.

– Pourquoi ?

Nathan Gallant demanda à son conseiller juridique s'il était obligé d'être plus explicite.

– Il y a des questions, lui retourna l'avocat ses mains parfaitement manucurées jointes à la hauteur de son menton, pour lesquelles en les posant, on commence déjà à répondre.

– Je voulais confronter mes souvenirs, expliqua Nathan Gallant, avec ceux que je conservais du 11 juillet.

– Les samedis, intervint Adam Kovac, c'est dans vos habitudes de vous rendre dans les locaux de *Québec Nature* ?

– Pas particulièrement.

– Pourtant, vous avez dit avoir volé la barrette en vous rendant à votre bureau. Le 14 juillet, lui rappela-t-il, était un samedi.

– Je me... Je me suis trompé... Je me promenais.

– Et à la fin de cette promenade, vous êtes monté au *Jardin du petit pont de bois* ?

– En effet.

– Où vous avez aperçu Sophie Plourde ?

– Exactement.

– Et pour apercevoir Sophie, vous étiez...

– Dans le *parking*... À l'intérieur... Je suis resté à l'intérieur de ma voiture.

— Où était Sophie ?

Nathan Gallant ouvrit la bouche, mais rien d'abord ne sortit. Puis :

— Dehors... À proximité... À proximité de sa *cabin*.

— La *cabin* n° 4 ?

Adam Kovac fit mine de consulter ses notes.

— Oui, c'est ça, la *cabin* n° 4... Celle tout près du bâtiment des douches.

Sous sa chemise à rayures, découpant des pectoraux de fer, le rythme de respiration de Nathan Gallant, à partir de ce moment, s'accéléra.

— J'aimerais, reprit le policier, que nous revenions sur cet entretien que nous avons eu le 20 juillet. Pas d'objection ?

— Aucune.

Les yeux de Nathan Gallant disaient le contraire.

— Avant de quitter la salle, ce 20 juillet-là, vous avez situé votre visite au *Jardin du petit pont de bois*, d'abord, en mentionnant le 14 « en après-midi », avant de rectifier pour indiquer qu'il s'agissait plutôt de « la fin de la journée ». Vous situez toujours, avec le recul, votre passage chez Irène Roblès « en fin de journée » du 14 ?

— Non.

— Ah bon !

Posant ses avant-bras sur la table :

— Quand ?

— Plutôt... (*réfléchissant à toute vitesse*) Plutôt le matin.

— Du 14 juillet ?

— Oui.

— Tôt ? Tard ?

— Pas tard, mais... mais pas très... trop tôt, non plus.

— Vous ne pouvez pas être plus précis ? insista Adam Kovac.

La lumière tombant du plafond semblant encore davantage creuser ses traits, Nathan Gallant fit signe que non avec la tête.

— C'était après ou avant le lever du soleil ? persista l'enquêteur.

— Après… Pas longtemps… mais après…

— Après l'aurore, donc ?

— Le matin… C'était le matin… Pas avancé… mais il faisait amplement jour.

Après avoir consulté sa tablette, l'enquêteur indiqua que, le 14 juillet, le soleil, en Estrie, s'était levé à 5 h 08.

S'exprimant sans hâte, il s'avança ensuite sur sa chaise.

— Le 14 juillet, Nathan, dit-il, les passeports de Sophie Plourde et de Pierre-Benoît Lemaire, votre collaborateur, sont enregistrés au poste frontière de Stanstead…

Par-dessus le rebord de sa tasse, l'œil impitoyable de prédateur de l'avocat de Nathan Gallant fixait l'enquêteur. Muni de projectiles, Adam Kovac n'aurait pas survécu au regard que le juriste lui décocha quand le policier ajouta :

« Et d'après les données fournies par les douaniers américains, c'est à 4 h 15, le matin du 14 juillet, qu'elle avait franchi, avec son mari, leur *checkpoint*. »

Les paupières de Nathan Gallant commencèrent à cligner et une lueur de désespoir traversa son regard.

— Si vous nous disiez, maintenant, *à qui* et *quand* vous avez volé cette barrette, monsieur Gallant ?

Mâchonnant sa moustache, l'avocat hissa un index arbitral. Pas fâché intérieurement que ce soit la grande perche d'enquêtrice qui vienne de poser la dernière question, parce que sous le regard presque blanc de son massif et sournois collègue, son client, craignait-il, n'aurait pas mis longtemps avant de craquer.

10

JAMAIS SATISFAITE EN MATIÈRE D'OBSERVATION d'oi-seaux, Francine Rondeau avait proposé, dans la chaleur et la torpeur du soir, à peine rentrée d'excursion, une sortie qui les avait amenés, son mari et elle, passablement loin de Fitch Bay.

À présent, la voiture laissée un peu plus haut que la dernière courbe de la route, accroupi sur un monticule fait de pierres et de gravier, Yvon Rondeau pouvait apercevoir, depuis son inconfortable belvédère, les poules caquetantes, les chèvres au piquet et deux gigantesques chevaux de trait d'une fermette misérable.

Les mains moites, il tourna la tête à la recherche de la robuste silhouette de sa femme. Il la découvrit assise sur les talons, sa lunette terrestre défiant les zones d'ombre d'un marais partiellement envahi par la végétation. Rassuré, alors que le crépuscule ramenait l'horizon à une cicatrice à ras de terre, il braqua de nouveau ses longues-vues en direction de la petite ferme mal en point.

Après la nuque et l'arrondi des épaules de la jeune inconnue qui s'y activait, les jumelles d'Yvon Rondeau se firent plus lascives au moment d'effleurer la taille, la courbe des hanches et les fesses moulées dans un mini short fuchsia. Sous l'effort qu'elle venait de fournir, découvrit-il faisant effectuer à ses longues-vues une remontée en direction de la poitrine palpitante de la fille, suivant le rythme de sa respiration, son haut court se tendait sur des seins bien formés et blancs comme du lait. Par jumelles interposées, Yvon Rondeau chercha, à partir de l'échancrure du décolleté, une échappée lui permettant d'engouffrer son regard. Quand il y parvint, la chemise collée au dos, il fouilla son pantalon, empoignant son sexe déjà haut.

Il vécut alors une plongée vertigineuse à laquelle il s'abandonna, le souffle réduit à un sifflement rauque. Il ne sut réellement combien de temps dura ce temps hors du temps, mais, quand il en émergea, gluant de sueur, sa femme était là.

Parallèlement, chez Irène Roblès (alors que, après cinq heures d'interrogatoire, Nathan Gallant venait d'être relâché), un groupe, constitué d'agents de la GRC et de patrouilleurs des frontières américains, leur quart de travail terminé, remontait les rives de la Tomifobia, louchant en direction de chaises Adirondack.

Il y en avait cinq : une rouge, une bleue, une verte, une blanche et une jaune. Respectueux des limites qu'elles semblaient indiquer, et reconnaissants à leur propriétaire de leur en céder l'usage, aucun des policiers, à moins d'exigences professionnelles, ne se hasarderait, à un moment ou un autre, au-delà de leurs frontières.

Sauf Mark Duvall.

Multipliant les affronts, sa dernière insolence consistait à se balader, avec des airs de proprio, dans tout le périmètre du *Jardin du petit pont de bois*. Les mains en porte-voix, ce soir-là, il beugla, en rapport avec sa moto, une remarque désobligeante destinée à Tomas Saint-Arnaud.

– Désolé, s'excusa piteusement celui-ci, dans la blancheur de ses très belles dents.

D'une voix à peine audible :

– Enfant de chienne !

Le regard assassin de Tomas Saint-Arnaud planté dans le dos, à ce moment, Mark Duvall mettait le cap sur l'hypnotique chevelure de lin de l'occupante de la *cabin* nº 2. Indifférent à l'atmosphère studieuse qu'elle avait su établir autour d'elle, tout autant qu'insensible à la force et à l'autorité qu'elle dégageait.

Une fois immobilisé à la hauteur de la chaise de parterre de la jeune étudiante, encerclée par des livres aussi volumineux que des annuaires téléphoniques, le patrouilleur souleva, avec une parfaite courtoisie, sa casquette réglementaire.

Sous l'auvent du couvre-chef, Christine Savard découvrit, dans un visage osseux au bronzage permanent, un regard sans cils qui bouffait toute trace d'humanité. Toutefois, lorsque Mark Duvall entreprit de lui tracer le portrait du mur dressé entre les États-Unis et le Mexique, évoquant les 5 mètres de haut, les 1 800 tours de guet de la structure et les 18 000 agents proposés à sa garde, sans minimiser l'effet dévastateur de deux fusils d'assaut tatoués sur ses avant-bras surdeveloppés (desquels Popeye lui-même aurait pu revendiquer la paternité), Christine Savard se surprit à regarder avec intérêt le nom inscrit sur le badge.

11

Après un couloir où deux personnes ne circulaient pas de front, Jean-Marie Comtois s'assura que le verrou de sécurité de la porte était tiré. Puis, pour vaincre la persistante odeur de vieille cave qui flottait dans le studio, il alla ouvrir à sa pleine grandeur la fenêtre au-dessus de l'évier. Les bruits de la rue emplissant la pièce, le vacarme lui rappela une fois de plus que le septième étage, où il avait élu domicile, n'avait rien de ce que le ciel promet à cette hauteur.

Les épaules appuyées sur le futon mauve lui servant de lit avec, en face de lui, déposées sur un pouf, une série de cannettes de Coke Diète achevant de s'éventer, il se saisit de son carnet qu'il déposa sur les jambes de son pantalon de détente.

« Si des bijoux, des objets de valeur, avait-il noté de son écriture peu soignée, exposés et bien visibles, n'ont pas excité la convoitise de l'assassin, qu'est-ce qui a pu à ses yeux éclipser pareil butin ? »

À côté, presque involontairement, il ajouta :

« Pierre-Benoît Lemaire peut-il avoir détruit ce qui, la veille encore, illuminait sa vie ? »

Le temps, pieds nus, d'aller réduire le feu sous la plaque de cuisson de la cuisinière et, revenu déposer ses fesses sur la moquette sombre, il admit que le fier fondateur et propriétaire de *Québec Nature* disposant d'un mobile, des moyens et de l'occasion pour avoir commis le crime, celui-là pourrait revendiquer la pôle position.

À moins que...

Il se revit, quelques heures plus tôt, en compagnie du responsable de l'unité des enquêteurs, au terme de cette tournée visant à rencontrer « tout ce qui grouille autour du *Jardin du petit pont de bois* ».

Leur quête avait commencé par le récit que leur avaient fait les deux agents de la GRC, présents dans la cour de la propriété d'Irène Roblès, le soir du 15 juillet.

Des détails, d'abord : l'absence de lune, le ciel noir, les VUS 4 x 4 de fonction laissés derrière eux, la Tomifobia calme, ses rives désertes...

— *Et Mark Duvall ?* leur avait demandé le responsable de l'unité des enquêteurs. *Il était comment ce soir-là ?*

Puisant sa science dans le compte rendu que lui avait fait Jean-Marie Comtois en marge de sa virée dans le *red light* de la ville, la veille :

— *En boisson ?*

Dénégation trop bien synchronisée de la part des deux agents fédéraux pour ne pas avoir été, au préalable, répétée, avait suspecté Jean-Marie Comtois.

— *Et quand vous êtes arrivés dans la cour mal éclairée de la maison d'Irène Roblès, vous n'avez rien entendu ?* avait rappliqué le capitaine.

Nouveaux signes de tête négatifs.

— *Pas un son ? Pas de bruit de voitures, des voix...*

Le regard très direct du policier, derrière le hublot des lunettes, ne lâchant toujours pas ceux de ses interlocuteurs :

— *Trois paires d'oreilles bioniques comme les vôtres...*

— *Deux.*

C'était l'élément féminin de l'équipe de la GRC qui avait apporté cette importante modification.

– *Parce que Mark,* avait-elle révélé, *n'était pas avec nous quand on est arrivés dans la cour de la maison de madame Roblès.*

En accéléré, Jean-Marie Comtois reconstitua mentalement le récit de l'agente fédérale. Il était, avait-elle relaté, autour de 21 h 25, le 15 juillet, lorsqu'elle et son collègue de la GRC étaient arrivés dans le périmètre mal éclairé délimitant la propriété d'Irène Roblès. Un moment plus tôt, le patrouilleur américain Mark Duvall, prétextant un besoin naturel à satisfaire, les avait quittés et avait filé en direction d'un sous-bois.

La mort de Sophie Plourde se situant approximativement à 21 h 30, dans le noir presque total, en cinq minutes et des poussières (et avec un coup dans le nez), Mark Duvall aurait-il pu franchir quelques centaines de mètres, soit la distance séparant le pont de bois de la salle de douches, et là, froidement, trancher la gorge de Sophie Plourde ?

Tournant machinalement les pages de son carnet, Jean-Marie Comtois se souvenait que, presque simultanément, le capitaine et lui avaient formulé la difficulté que présentait cette audacieuse hypothèse.

– *Le plus invraisemblable de l'histoire, ç'aurait été de réussir à sortir de la boucherie qu'était la salle de douches sans une éclaboussure de sang.*

Ce qui n'avait pas empêché les deux policiers de monter une autre fois jusqu'au *Jardin du petit pont de bois*. Mesurer, calculer, chronométrer. Pendant que la propriétaire de la place surveillait chacun de leurs gestes.

– Qui protège-t-elle, celle-là ? demanda Jean-Marie Comtois aux quatre murs blanc lavabo de la pièce, éclairée par une lampe à faible ampérage.

Il pensa tout de suite à la longue silhouette de Tomas Saint-Arnaud. Ce garçon pour lequel Irène Roblès, elle-même, s'était financièrement portée garante lors de l'achat du modeste kiosque de souvenirs que le jeune, convivial et expansif, opérait, sur la rue Church, à Stanstead. Du jeune commerçant (look de beau gars branché, mixé à une paire de bottes Doc Martens), l'esprit de Jean-Marie Comtois bifurqua en direction des deux préposés à l'entretien d'Irène Roblès.

Une vérification de routine, au début de l'enquête, avait permis d'établir que leurs prétendus liens de cousinage relevaient d'une parenté dont Adam et Ève, seuls, gardaient le souvenir.

– *Gays.*

Ç'avait été, au sortir de la maison des deux jeunes hommes, le commentaire du responsable de l'unité des enquêteurs, se souvenait Jean-Marie Comtois. Rien d'homophobe dans le ton, mais quand, dans une société, dite pourtant inclusive, des filles et des garçons, en raison de leur orientation sexuelle, sont forcés de fuir et de disparaître pour vivre leur choix, l'idée de mentir en faisant croire à une pseudo-parenté s'expliquerait-elle, dans le cas des deux supposés cousins, par la peur du rejet ?

– Seulement ça ? exprima-t-il à mi-voix, se dirigeant vers une cheminée condamnée faite de vieilles briques.

Il y alluma deux chandelles qu'il déposa dans une paire de délicats bougeoirs cédés par sa coéquipière. Dans la bonne odeur de pamplemousse qui commença à se répandre, il se recula pour juger de l'effet. Grâce aux chandeliers, qui tranchaient par leur élégance sur l'aspect miteux du studio, et grâce à Lisa (il ne pouvait tout bonnement pas dissocier les objets de leur propriétaire), la pièce prenait vie.

12

22 juillet

LE POINT DE PRESSE, prévu pour 10 h, fut retardé. Quand le courant fut rétabli dans la salle, sur une estrade, assis derrière une table bourrée de micros, le capitaine avait commencé à suer abondamment, et les voix des journalistes, criant leurs questions, n'allaient plus lui donner l'occasion, tout au long de ce féroce face-à-face, de voir au-delà de l'horizon bouché du dossier.

Détenait-il un suspect en rapport avec la mort violente de Sophie Plourde ?

– Pas encore.

Et l'homme qu'il avait relâché, la veille ?

– Une personne d'intérêt.

Comment expliquait-il des résultats aussi maigres après sept jours d'enquête?

– Les homicides représentent un travail d'investigation de longue haleine.

N'était-ce pas plutôt parce que les craintes, exprimées au début de l'enquête, à l'effet que la présence d'un officier parachuté par Montréal risquait de faire capoter l'affaire, se vérifiaient cruellement ?

Cet exercice de tir continu fut suivi d'une rencontre entre quatre-z-yeux avec le Commandant en chef de la police. Rencontre à l'issue de laquelle le capitaine eut l'impression que, avec quarante ans de moins, le grand chef ne se serait pas privé de lui administrer une retentissante taloche derrière la tête, histoire de bien lui faire sentir qu'il le tenait personnellement responsable de l'humiliant surplace effectué par son unité dans ce dossier.

Pour la suite de la journée, lui et une grande partie de son équipe débarquèrent dans 67 salons de beauté, 32 de massage et 53 autres proposant des services d'esthétique. Munis d'une liste longue comme le bras, bulldozers infatigables, ils rencontrèrent et questionnèrent le personnel et la clientèle de ces établissements. En bout de course, tout ce beau monde se révéla n'être que d'inoffensifs citoyens ayant en commun, avec le meurtrier du *Jardin du petit pont de bois*, le recours, dans le cadre de leur travail ou pour leurs besoins personnels, à la cire d'abeille.

Installés, au terme de cette absurde journée marathon, autour de l'ordinateur central, les enquêteurs prêtaient une oreille attentive à Lisa Marchal.

– Chaque mois, relata-t-elle, Orford Musique offre, gratuitement, à différents artistes locaux, de mettre à leur disposition une petite salle. Photographes, peintres, sculpteurs, poètes peuvent de la sorte bénéficier d'une visibilité qui souvent leur manque. L'événement en rapport avec cette pratique, dont Laura Ross m'a parlé, quand je suis allée la relancer ce matin à propos de ce « Lui ! » chargé de mépris qu'elle réserve à Nathan Gallant, remonte à deux ans, soit l'époque où elle a fait la connaissance du directeur de *Québec Nature*.

– Nathan Gallant, réagit le chef, connaîtrait Laura Ross depuis deux ans ? Alors qu'en interrogatoire, il n'a même pas été en mesure de fournir le moindre détail sur la personne qui accompagnait Sophie Plourde le 11 juillet au souper-concert !

– Attends la suite ! lança-t-elle familièrement à son supérieur.

À contre-jour, les cheveux noirs, légèrement ondulés et peignés en arrière du capitaine se découpaient sur le carré d'une fenêtre à guillotine découpant une portion de ciel couleur bleu nuit.

– Cette fois-là, poursuivit Lisa, une amie artiste de Laura Ross l'avait chargée, secondée de Nathan Gallant, d'accueillir les visiteurs, de leur remettre le programme de la soirée et de présenter les exposants. Un mandat dont ils s'acquitteront si bien qu'il fera dire à Laura qu'ils étaient vraiment, elle et lui, sur la même longueur d'onde. Cette belle entente se maintenant, au moment des pauses, par le plus grand des hasards, commenta-t-elle avec un demi-sourire, ils se retrouvent au sein des mêmes groupes de discussion.

Comme les autres, à ce moment, plutôt que le visage tout en yeux de leur collègue, Jean-Marie Comtois suivait le travail des doigts de Lisa Marchal occupés à fixer à son poignet un bracelet à breloques, extrait du troisième tiroir de son bureau. Véritable caverne d'Ali Baba, là reposaient, savait-il, trousse à maquillage, sac à main et chaussures interchangeables – des élégantes pour des fonctionnelles, ou vice versa, selon les nécessités.

Pas une journée de travail ne s'étant terminée, depuis qu'il était là, sans qu'un bijou ne vienne rehausser la toilette du jour, Jean-Marie Comtois en avait déduit que sa partenaire aimait les parures (lui avait un faible pour une délicate broche, façon bouquet floral, refermant le col Claudine d'un chemisier brodé).

— Même chose, poursuivit Lisa, à la fin de l'activité, quand Nathan et elle sont assis l'un à côté de l'autre à la terrasse du bâtiment, à l'occasion du cocktail qui suit l'exposition. À ces moments, Nathan est charmant : causant, mais pas toujours au crachoir. Attentif, aussi. Oui, il s'intéresse à elle de façon visible, mais il n'est pas envahissant. Il se fait plutôt son... chevalier servant. Nouveau pour elle, « un gars qui ne drague pas comme un malade », selon son expression. Et comme elle avait déjà remarqué son sourire — en dehors des interrogatoires, celui-là, ironisa-t-elle —, cette tactique double, aux yeux de Laura, le capital de séduction de son... galant séducteur. Vous devinez donc sa réponse lorsque, vers 23 h, au moment où l'activité prend fin, il offre de la reconduire chez elle. Ils roulent doucement dans sa voiture à lui : à l'époque, plutôt que le bolide intérieur cuir rouge qu'il pilote, il conduisait une simple, une banale, une minable Corvette de l'année...

Quelqu'un émit un petit sifflement.

« Ils parlent de tout et de rien — de la soirée, des invités, des œuvres exposées — avant d'aborder des sujets plus... personnels. Entre autres, le désir de Laura de tout plaquer et, retour à la case départ, de dénicher un travail en rapport avec son ancien boulot de traductrice. Nathan, de son côté, lui fait part de l'achat tout récent d'une jolie petite villa rose à Nantucket, sur la côte Est américaine. Il propose même — et avec conviction, semble-t-il — une escapade là-bas, pour le prochain weekend. Aussi, une fois arrivés à Stanstead, l'invitation à prendre un verre devient une évidence. Ils montent — Laura habite en haut du *Café de la gare* — et une fois la porte refermée derrière eux, petits bisous par-ci, doux câlins par-là, Laura prenant des initiatives... »

Lisa claqua ses deux mains l'une contre l'autre dans le joyeux cliquetis du bracelet métal et verre.

– Il stoppe les machines.

– Comment y fait ça ? sourit Leonard, dans l'alignement irrégulier de ses grandes dents.

– Il dit, continua Lisa Marchal ignorant l'interruption tout autant que les clins d'œil et les petits coups de coude des autres, qu'il doit rentrer, qu'il n'est pas bien. En réalité, Laura le sent au bord de la crise de nerfs. Et quand ils se rencontreront, après, à Orford Musique ou ailleurs, ce sera comme si, pour lui, rien ne s'était passé. Comme s'ils ne s'étaient jamais ni parlé ni connus.

– Bannie de son esprit, en conclut le chef.

– On dirait, approuva-t-elle.

– Panne sexuelle… commenta l'un.

– …ou impuissance ? suggéra l'autre.

– À moins qu'il ne soit tout simplement, tout bonnement, une sorte de… une espèce d'idéaliste ?

Sans prêter attention au torrent de commentaires qui suivit, Jean-Marie Comtois soupesa l'idée que venait d'avancer sa coéquipière.

Sa suggestion voulant que Nathan Gallant soit un individu s'accommodant mal – ou ne s'accommodant pas – des exigences de l'humaine nature.

Une sorte d'esprit romanesque, se dit-il, pour qui les pulsions sexuelles se réduiraient à poétiser, à sublimer un visage, une présence.

« Toujours ? Tout le temps ? » formula-t-il pour lui-même avant que la voix du responsable du Bureau d'enquêteurs (une voix qui portait loin) ne le sorte de ses pensées.

– Intéressant, disait le capitaine, qu'on se rappelle, avant de se rendre chez Irène Roblès, au bon souvenir de notre prof saguenéen…

Jean-Marie Comtois ayant présent à l'esprit que, le lendemain, on allait procéder au retrait des scellés du bâtiment des douches au *Jardin du petit pont de bois*, supposa qu'il s'agissait d'inclure, au terme de la procédure judiciaire, un détour par Fitch Bay.

Fitch Bay où, tout justement, sous les restes d'un soleil qui achevait d'incendier l'Estrie, Francine Rondeau suggérait au conducteur d'un Ford Aerostar (un Australien dont les longues-vues blasées ne consentaient à se hisser qu'avec la certitude d'une mention dans *American Birds*) d'immobiliser son véhicule avant la guérite.

Au moment où le véhicule s'éloignait en traînant sa carcasse délabrée de sauna ambulant, elle releva le col de son blouson multipoches, ajustant, l'instant suivant, sur ses épaules, les courroies d'un lourd sac à dos. De fins cailloux roulant sous ses bottes de randonnée, malgré l'assaut répété des moustiques, elle prit tout son temps ensuite pour remonter un petit chemin de terre encerclé par le soir.

À proximité d'un évier à l'émail taché, servant autant à la lessive collective qu'au récurage de la vaisselle des campeurs, elle envoya la main à deux hommes qui bavardaient en frottant des casseroles. Tout de suite après avoir dépassé quatre roulottes à la lisière de la forêt, elle eut le même réflexe à l'endroit, cette fois, d'une fillette hasardant une tête pleine de nattes par la glissière de sa tente à côté de laquelle deux tables de pique-nique servaient sommairement de corde à linge.

Pour avoir des goûts simples, et exiger peu de ses plaisirs, Francine admit, pour elle-même, qu'il lui fallait, pour le réconfort de son cœur et la satisfaction de ses sens, un minimum d'agrément. Par exemple, ce soir, elle savait qu'elle apprécierait à sa juste valeur son lit : participant à un jamboree ornithologique de l'autre côté de la frontière, ce serait sur le sol dur, en plein bois, qu'elle allait jeter son sac de couchage au cours des deux prochaines nuits.

Parvenue à la hauteur d'un couple partageant un repas dans un silence impressionnant, Francine se surprit, à la vue des flammes hautes de leur feu de camp, à reconstituer une image lointaine : flaque de soleil automnale, baril rouillé, feuilles sacrifiées, leur odeur âcre mêlée à celle du lac Saint-Jean tout proche. Elle en était à évoquer les protagonistes de cette vieille scène (sa mère, son père, sa sœur et elle, bruyants comme on l'est dans le bonheur) quand, après un tournant, le toit de sa maisonnette apparut. La vue du cuir chevelu éclairci de son mari, éclairé par une lampe suspendue au-dessus de l'évier, chassa de son esprit, dès cet instant, sa récente impression de bien-être.

– Je ne t'ai jamais entendue arriver, sursauta Yvon Rondeau, au terme du craquement de la porte que sa femme venait de franchir.

Depuis ce qu'elle ne nommait jamais que, pudiquement, et pour elle-même, « l'incident du marais », Francine avait réussi à vivre à côté de son mari sans échanger un mot susceptible de lui faire comprendre la profondeur de son malaise. Pourtant, elle savait que l'explication s'imposait.

Ne serait-ce, se raisonnait-elle, que pour nommer la noire et cruelle solitude dans laquelle elle s'engouffrait à mesure que le silence entre eux s'épaississait.

– As-tu mangé ? voulut-il savoir, quittant des yeux les parois de la marmite qu'il récurait.

Elle décida, à ce moment, de croiser le regard mi-fuyant, mi-craintif de son mari.

– Qu'est-ce que t'as fait de bon aujourd'hui ? lui demanda-t-elle.

Il haussa ses épaules avant un « Pas grand-chose ».

– Dans ce cas-là, le sermonna-t-elle la voix chargée de reproches, pourquoi est-ce que tu n'es pas venu avec nous autres ?

Les deux mains dans l'eau de vaisselle grasse, il pensait : *l'aspect différent quand elle est là, c'est le service à faire en double et le son de la télé réduit à un murmure.* Au moment où il se faisait la réflexion que, avec ou sans elle, même le silence ne changeait pas de dimension, il comprit qu'elle venait de parler.

— As-tu, répéta-t-elle en le fixant durement, une carte des environs ?

Pesamment, précédé de la sphère impressionnante de son ventre, Yvon Rondeau se dirigea vers leur chambre à coucher. Au moment d'extraire l'itinéraire des axes routiers de la région de son sac à dos, ses doigts heurtèrent le métal froid d'un appareil photo. Ses mains, à ce moment, furent prises de tels tremblements qu'il dut les coincer entre ses genoux pour en maîtriser les secousses.

13

Tendant le bras, Christine tâta l'oreiller voisin, y cherchant la présence de la tête ébouriffée de Stéphane Faucher. Se rendant compte, l'instant suivant, qu'il était inutile de l'espérer en ces lieux, un peu désorientée, elle se tourna vers l'autre côté du lit : ce qui s'était voulu un petit somme, constata-t-elle après avoir interrogé le radio-réveil, semblait bien s'être éternisé.

À partir du lit bas style plate-forme du loft de sa camarade où, pendant son absence, celle-ci l'avait finalement convaincue de venir s'installer, elle laissa à son regard le temps de replacer chaque chose dans la grande pièce carrée, percée de larges fenêtres.

Compte tenu de son état d'esprit – une frustration qui avait tourné à l'écœurement généralisé au cours d'un repas pris en solitaire –, une fois plantée devant le grand miroir de la salle de bain, elle ne réussit pas à trouver une seule qualité à son visage au modelé parfait. Se montrant même impitoyable pour son regard d'eau profonde qu'elle décréta terne et dépourvu d'intensité. Toutefois, après s'être fait hydromasser de la tête aux pieds par la diva des baignoires, au moment d'endosser la mosaïque de couleurs d'un ample pyjama d'intérieur, elle eut un regard appréciateur pour ses seins hauts et fermes, sa taille fine, la chute bien marquée des reins, redevables à l'entraînement physique, tout comme ses fesses dures et tendues comme la peau d'un tambour.

Un quart d'heure plus tard, via le logiciel Skype, c'était le visage de l'infatigable et toute neuve pédiatre Zoé Duchêne qu'elle accueillait d'un « Que tu me manques ! » bientôt suivi d'un retentissant « Maudit », dont le « i » s'éternisa avant de venir mourir en un cri de joie.

Fille unique de parents artistes – une mère bédéiste et un père comédien –, Christine Savard avait revendiqué, dès la maternelle, Zoé Duchêne comme membre permanent de sa famille. Pareil pour l'autre fille qui se reconnaissait plus en son amie d'enfance qu'en ses quatre chasseuses et pêcheuses de sœurs, vêtues, en tout temps de l'année, comme de véritables coureuses des bois.

En espérant qu'on invente, un jour, les raquettes à talons hauts, avaient l'habitude de compléter peu charitablement les deux filles.

C'était à l'époque de la première cigarette en cachette, de la première bière, du premier chagrin d'amour et de Leonardo DiCaprio sur DVD, 13 fois, dans *Titanic*.

Le temps n'ayant pas réussi à émousser leurs liens, elles se plaisaient, à présent, à répéter qu'elles étaient soudées l'une à l'autre par un invisible crampon d'acier.

Ce soir-là encore, l'échange, entre les deux indéfectibles comparses, se fit joyeusement et à bâtons rompus pour aboutir à :

– Comme tu me l'avais demandé, annonça Zoé Duchêne, je suis passée chercher ton courrier au condo.

Il s'agissait d'un ancien atelier d'artiste à proximité du Mont-Royal que Stéphane Faucher avait acheté pour abriter ses amours alors que son ex-femme réclamait la nécessité pour elle et les *enfants* (deux filles presque de l'âge de Christine) de continuer d'habiter la maison familiale de Westmount.

— Steph t'a fait son numéro de charme ?

— Vu, riposta la jeune pédiatre, le ton qu'il a avec moi, le risque reste mineur. Mais…

Elle balaya du revers de la main des grains de poussière imaginaires sur la manche de sa veste effrangée alors que derrière les grosses lunettes design, qui ne parvenaient pas à atténuer la chaleur du regard, les yeux de Zoé se plissaient d'amusement.

— Mais peut-être quelqu'un verrait-il là-dedans un signe quelconque de réchauffement de nos futures relations puisque, avec ce qu'on pourrait presque appeler de la quasi-amabilité, il m'a demandé si j'avais de tes nouvelles en ayant l'air, cette fois-là, de vraiment vouloir m'entendre parler de toi.

— J'espère, répliqua Christine sur un ton d'autodérision, que tu lui as répondu que je suis dans une forme olympique !

— Exactement, approuva la pédiatre offrant son plus beau sourire à la webcam. Et il a très mal pris la chose.

— Quand il est malheureux, il est comme ça, Steph, se crut obligée de plaider Christine.

— Pas de danger de ce côté-là, réfuta l'inflexible Zoé.

— Qu'il se sente malheureux ?

— Mouais.

— Je ne pense pas… Bon, c'est sûr qu'à sa manière…

— Égoïste, lâcha l'amie de Christine.

— O. K., admit celle-ci, amicale et un peu bourrue, c'est vrai. Mais qui, docteure Duchêne, ne l'est pas, égoïste ?

— Mais lui, c'est à 200 % !

Christine tenta d'exprimer la suite sur un ton léger.

– Quand le prince cesse d'être charmant ! soupira-t-elle.

Lorsque, pas loin d'une heure plus tard, les ordinateurs des deux filles s'éteignirent, après un bisou envoyé simultanément du bout des doigts, si le mal de tête de Christine Savard avait reculé, les questions soulevées par le cul-de-sac amoureux qu'il lui semblait avoir atteint, étaient, elles, au cœur de ses pensées.

S'en tenir à son projet initial, qui la garderait pendant de longues semaines de l'autre côté de la frontière, les faisait foncer à coup sûr, Stéphane et elle, droit dans le mur, ne cessait-elle de ressasser. Aussi quand son cellulaire sonna (son afficheur annonçant le numéro de l'objet de ses tourments), regardant l'appareil, comme elle l'aurait fait d'une grenade dégoupillée, elle se répétait :

– Je fais quoi ?

Et puis, juste avant que la première phrase de Stéphane Faucher lui parvienne, Zoé, comme si elle était là, à ses côtés, lui souffla :

– Détends-toi, ma cocotte, pour l'amour du ciel, détends-toi ! Sois toi-même et ton instinct ne te trompera pas.

Leur mot d'ordre, à Zoé et à Christine, achevant de la requinquer :

– *Go* (six fois), s'encouragea-t-elle, tandis que sa main s'emparait du téléphone.

14

Sherbrooke, comme tant de cités nord-américaines, a un envers et un endroit.

Côté pile : des poches de pauvreté et d'exclusion, des coins louches, des quartiers d'une tristesse infinie.

Côté face : des rues opulentes, modèles de réussite sociale où l'argent s'affiche partout.

Ceci expliquant cela, c'est dans l'un de ces derniers secteurs, résolument positionné dans la catégorie des demeures de luxe, que Nathan Gallant, deux ans plus tôt, avait élu domicile. Il s'y était fait ériger une maison, adossée au Bois Beckett, qui, malgré son exubérance architecturale, se voulait « verte ».

Ainsi, d'authentiques volets à battants, plutôt que la climatisation, paraient à l'éclat du midi. Tandis que de la cour jardin avait été bannie toute végétation inapte à se satisfaire de ce que le soleil estrien, parfois généreux, parfois avaricieux, accorde de lumière et de chaleur.

À l'intérieur de la demeure au confort optimal, réaffirmation des mêmes valeurs. D'ailleurs, avant même les toiles de prix et un monumental piano blanc Steinway, ce qui y frappait l'œil, c'était l'abondance de fenêtres hors normes sur lesquelles le maître des lieux venait justement d'ouvrir à leur pleine grandeur les tentures de lin.

En fouillant la nuit, par-delà les grandes jarres italiennes prenant le frais tout relatif de la nuit, Nathan Gallant se rendit compte que, par un bizarre phénomène d'ombre et de lumière, selon les mouvements de sa tête se reflétant sur la vitre d'une porte française entrebâillée, sa bouche s'éclipsait au profit de ses yeux fiévreux. Par un geste devenu machinal, il superposa à ses traits la beauté émouvante d'un certain regard. Un regard qui, selon l'angle, ou le climat intérieur de sa propriétaire, lui était apparu, dans la nuit discrètement parfumée entourant le centre Orford Musique, tour à tour bleu, violet, noir même.

« Sophie », murmura-t-il en ne réprimant pas le bonheur qu'il éprouvait à prononcer ce prénom qu'il évoquait, le jour, dans sa tête, avant qu'il n'explose au cœur de ses nuits blanches.

Sous l'œil indifférent d'un lever de lune auréolant de rose ses chaussures estivales, toute l'expression du propriétaire de *Québec Nature* qui n'avait, jusque-là, exprimé que tension et dureté, s'imprégna, à l'énoncé du prénom féminin, d'une extrême douceur.

Une fraction de seconde plus tard, son chien se confondant avec son ombre, il grimpait, sans pause, un escalier à pic se déployant vers une mezzanine bordée d'une balustrade.

Le faisceau lumineux d'une lampe de table installée dans le couloir s'infiltrant dans la bibliothèque, sa clarté permettait de discerner des boiseries sombres et le marbre poli d'un coin de cheminée. Gardées dans une obscurité totale, les hautes rangées de livres, quant à elles, étaient traversées par le souffle des grands ventilateurs d'acajou brassant les blancs rideaux de la pièce.

Silence unilatéral dans cet espace surdimensionné. Celui des grands fonds marins. Jusqu'à ce que, ébranlant le plancher, un accord magistral retentisse.

Celui du *Cinquième Concerto* de Beethoven.

Le favori de Nathan Gallant.

Qu'il écouta, assis au creux d'un divan de soie à l'anglaise, ne se décidant à rouvrir ses yeux rougis de fatigue qu'au moment où le tumulte, créé par l'ouverture du premier mouvement, s'achevant, il puisse, à ce moment, refaire surface. Et alors, seulement, il s'autorisa, pour se dédommager du poids de l'absente, le souvenir de son rire coulant comme une rivière de perles.

— À quand la délivrance, Billy ? murmura-t-il, entamant le dialogue avec le regard intelligent de son lévrier dont la longue tête aristocratique reposait sur sa cuisse. Combien de temps encore avant que le prénom de celle qui est entrée dans la mort les yeux grands ouverts, cesse d'avoir, pour moi, ce goût de cendres, de larmes et de sang ?

15

— Leonard ? le héla son chef. Tu pourrais être au *Jardin du petit pont de bois* pour le retrait des scellés, demain ?

L'enquêteur cessa de fredonner (d'une voix très juste) le fringant *Les grands soleils* d'Édith Butler qu'il avait répété, la veille, avec la chorale mixte dont il se plaisait à faire valoir qu'il en était le « père fondateur ».

— Un détour de même, objecta-t-il, ça ne me donnerait jamais le temps d'être à l'université *ousque* des toiles ont été taguées.

— Moi, se plut à rappeler Jean-Marie Comtois, je ne suis pas venu faire de la figuration...

Adam Kovac, à partir du coin-cuisine (avec ce talent indéniable de lui couper le sifflet, que le Franco-Ontarien lui reconnaissait), manifesta son intérêt pour le projet.

— Si ça peut vous aider à prendre une décision, s'interposa le capitaine avant de s'éclipser pour un tardif « dîner civilisé », c'est à 7 h pile, demain matin, que vous devez être là-bas.

Il venait d'atteindre la porte quand il ajouta :

— Après être passés chez les Rondeau à Fitch Bay.

Syndicalement parlant, à ce moment, depuis une demi-heure, deux des trois subordonnés du capitaine avaient terminé leur service. Le logis haut perché de Jean-Marie Comtois étant situé à proximité du poste de police, sans autre préavis que celui-là, l'enquêteur les y convia.

– Qu'elle ait été tuée par quelqu'un de son entourage, tu y crois, hein ? demanda Jean-Marie Comtois.

Leonard et Lisa Marchal sur les talons, il pénétrait, à ce moment, dans le hall d'un immeuble aux murs jaunasses ponctués d'une rangée de fauteuils sans confort ni style, flanqués de plantes chétives et poussiéreuses.

– Dur comme fer, approuva sa coéquipière.

– On met qui en première position ? Monsieur Gros Format ? Le Grand Chauve ?

– Dans ce cas-là, s'interposa Leonard, le *flo* du kiosque de souvenirs et le patrouilleur américain, ça serait nos « seconds meilleurs choix » ?

– Pour ce qui est du p'tit jeune, répliqua Jean-Marie Comtois s'adressant à son collègue en parlant par-dessus son épaule, l'autre jour, il nous a fait le récit de sa vie dans des foyers d'accueil : six mois dans un, un an dans l'autre…

Sous une coulée d'air frais dispensé par un climatiseur qui lui séchait la sueur sur le dos, Jean-Marie Comtois avait, à ce moment, plus de marches derrière lui qu'il ne lui en restait à gravir.

– Il nous a dit, ajouta-t-il, que c'est grâce à Irène Roblès qu'il a pu échapper à la spirale de l'abandon.

– De toute façon, fit observer la voix de Leonard comme si elle provenait du fond d'un puits, on parle pour rien dire, vu son alibi béton.

Une enfilade d'escaliers plus haut, la propriétaire d'une allègre paire de chaussures à bouts ouverts fit valoir que Tomas Saint-Arnaud pouvait être le commanditaire, à défaut d'être l'exécutant du crime.

– Si ça vaut pour lui, ça vaut pour les cousins, le mari et, tant qu'à y être, la restauratrice, commenta Leonard, la tête levée vers le septième étage que, non-stop, pied au plancher, sa collègue venait d'atteindre.

Elle l'admit.

– Tout le monde dans le même sac, de même ? demanda Leonard tandis que ses épaules osseuses se soulevaient au rythme de sa respiration (derrière laquelle il courait).

– Pas tout à fait, lui retourna Lisa. Tu le sais comme moi, certains sont plus « égaux que d'autres »…

Penchée au-dessus des escaliers raides et sombres :

– Dans le crime comme dans n'importe quoi.

Pour tout commentaire, cette fois, elle entendit Leonard réclamer Jean-Marie Comtois d'une voix de phoque à l'agonie.

– 9-1-1, j'écoute, répondit le Franco-Ontarien.

– T'es sûr, demanda le Gaspésien qui reprenait son souffle les yeux fermés, que l'ascenseur est vraiment brisé ?

– C'est ce qui est écrit sur la porte depuis que je suis arrivé.

– Combien de marches…

Une main appuyée au mur :

– …t'as dit ?

– Quatre-vingt-quatre.

– Ça fait qu'*i* m'en reste ? haleta-t-il.

– Une pinotte.

Trente marches et un long corridor sentant la cuisine grasse plus tard, l'enquêteur pénétrait à son tour dans le studio modèle réduit de Jean-Marie Comtois. Transpirant à grosses gouttes, son attention fut tout de suite monopolisée par la paire de bougeoirs juchés sur une ancienne cheminée convertie en tablette-bibliothèque.

Dénichés chez un antiquaire (hors de prix), c'était Leonard lui-même qui les avait offerts à Lisa Marchal à l'occasion, sept mois plus tôt, des 30 ans de l'enquêtrice. La veille de ce jour-là, Adam Kovac avait soufflé une bougie de plus, et son coéquipier s'était borné à lui donner une tasse à hélices mélangeant eau, sucre, café et lait.

– Les chandeliers…

Sous le coup d'une aussi douce qu'éphémère amnésie, Lisa Marchal fit pivoter sa tête pour suivre du regard la direction que l'index de son collègue pointait.

– …quand il en voudra plus, tu pensais les *hâvrer* où ?

Jean-Marie Comtois apparut à côté d'une armoire modulaire, séparant la cuisine du reste de la pièce, au moment où Leonard, dans son invariable pantalon de polyester bleu roi, se dirigeait vers la sortie.

– Il a oublié quelque chose ? demanda-t-il.

Le rire de l'enquêtrice claqua sec en même temps que la porte.

– Lui, non.

Pour prévenir l'offre d'aide que suggérait le regard bleu bien intentionné de son coéquipier, Lisa hissa ses mains à la hauteur de ses épaules dans la position de quelqu'un réclamant une pause. Pour adoucir, toutefois, la rigueur du refus, elle réussit à extraire un sourire de l'amas confus de sentiments qui l'agitait.

Lorsqu'elle alla rejoindre Jean-Marie au milieu du futon, il avait artistement disposé, sur un pouf, des serviettes de table en tissu – blanc –, des ustensiles, de jolies petites assiettes, deux tasses, une cafetière. Puis, dorées, feuilletées, des brioches qui coûtèrent à Lisa Marchal un moment de sincère repentir à la pensée de Leonard qui butinait tout ce que les armoires de leur unité comptaient en douceurs.

– Seigneur ! s'exclama-t-elle. Mais c'est un service cinq étoiles, ça, Jean-Marie.

Penchée au-dessus du plat à pain autour duquel les pâtisseries répandaient leurs doux arômes :

– C'est toi qui les as faites ?

Le jour même.

– Et ta recette est *top secret* ?

Discrètement, pendant qu'il énumérait les ingrédients composant sa brioche alsacienne, elle ôta ses chaussures échasses – un *must* rehaussant encore son 1,78 m, mais un martyre pour sa voûte plantaire excessivement arquée.

– Je crois que je vais prendre du poids, pronostiqua-t-elle, seulement en regardant ces brioches.

Pendant que, dans un bruit d'ustensiles et de vaisselle entrechoqués, son hôte assurait le service, l'attention de l'enquêtrice se porta sur le bois massif du manteau de l'ancien foyer.

– Quand j'étais jeune…

Sa phrase déclenchant le rire de Jean-Marie Comtois :

– Quand j'étais plus jeune, rectifia-t-elle avec un regard en dessous, mes grands-parents avaient un foyer semblable à celui-là. Le crépitement des flammes, l'odeur du bois, l'hiver, ça fait partie de mes plus beaux souvenirs. Ça et la montagne de cadeaux sous emballages rouges, verts, blancs, préparés par ma grand-mère à Noël…

Elle s'empara de l'assiette que Jean-Marie Comtois lui présentait.

– Toi ? demanda-t-elle, c'était comment chez toi ?

– Noël ?

Il revit les grands-messes familiales au cours desquelles les prises de bec entre membres de la parenté suivaient le rythme de l'alcool qui coulait à flots. Le plus désolant de ces désespérantes scènes familiales était les gros mots échangés à tue-tête entre son père et sa mère pendant que son frère, ses sœurs et lui étaient laissés devant la télé.

– Plus trop, trop de souvenirs, mentit-il avec une belle aisance.

– Rien ? Pas même…

– Ah oui…

Avant de porter sa fourchette à sa bouche :

– Pas d'école.

À travers diverses anecdotes, elle réussit à en apprendre davantage sur sa drôle d'enfance.

– Une époque, dit-il, et un milieu qui produisaient des individus ni mieux ni pires, mais un peu… bizarres.

À moins que ce soit différents, pensa-t-elle.

– La suite a été meilleure ? demanda Lisa, son index tartiné de crème pâtissière immobilisé à la hauteur de ses lèvres délicatement peintes.

Deux débouchés, expliqua-t-il, s'offraient à cette époque aux garçons de son âge issus, comme lui, des classes populaires : devenir chômeur ou trouver par soi-même une façon de survivre. Ainsi, à 16 ans avec un physique d'armoire à glace, il s'était improvisé déménageur. Ensuite, apprenant sur le tas, hiver comme été, à 4 heures tapantes du matin, pétrissant la pâte, enfarinant les moules, il était devenu, à 20 ans, l'apprenti d'une boulangerie artisanale qui avait mis la clé sous la porte quand la clientèle avait préféré, à « l'exquis cuit sur meule », le pain tranché industriel des supermarchés.

– C'est ça qui m'a brassé la cage, dit-il. C'est ça qui m'a décidé d'emprunter le chemin, pas toujours plat, des devoirs à remettre, des notes de cours, des examens à préparer et à passer. À pas loin de 30 ans…

Un retour aux études qui l'avait amené à embrasser une profession devenue bien vite, confia-t-il, non pas une institution, mais sa véritable famille.

– Entre-temps…

Elle comprit, à cet instant, qu'elle en savait fort peu sur lui.

— Tu t'es marié ? Tu as eu des enfants ?

— Sous les deux chefs d'accusation, dit-il sa petite assiette perchée sur sa cuisse, non coupable, Votre Honneur.

À son tour, il réclama des détails sur l'enfant Lisa qu'elle avait été : elle n'y allait pas de main morte, découvrit-il, avec la concurrence (à 5 ans, elle avait mis du sel dans les limonades d'une petite voisine ayant eu la très mauvaise idée d'établir son stand à côté du sien), alors qu'à 15 ans, elle détenait déjà le titre de bénévole de l'année au Collège Mont Notre-Dame.

— Cet accomplissement n'a jamais pu faire oublier à mes parents que, l'année d'avant, j'avais mis au tapis un cousin, gâté pourri, quand j'ai découvert son lucratif petit trafic qui consistait à rafistoler un stock de stylos avant de les revendre, à gros prix, en prétendant que c'était du neuf.

Sans malaise, dans les 35 mètres carrés de surface habitable du logis, leurs épaules se touchant presque, ils laissèrent pour un moment le silence s'installer avant que l'enquêtrice ne rompe la pause.

— La bande-son tournée au *Jardin du petit pont de bois*…

— Le boulot est à Lisa… commença-t-il.

— …ce que les…

Elle montrait, avec sa petite cuiller, sur un tapis de laine turquoise, les chaussures de l'enquêteur.

— Ce que les *chouclaques* sont à Jean-Marie, le taquina-t-elle, posant sa main sur le coton de la chemise de son collègue.

Celui-ci aurait aimé, à ce moment, posséder le pouvoir de retenir les doigts fuselés sur son avant-bras.

— Tu l'as écoutée ? redemanda-t-elle, tournée à moitié vers lui.

– Plusieurs fois.

– Ton impression ?

– Jusqu'à présent, on croit que l'espèce de bruit de rasoir électrique qu'on entend...

– ...appartient aux embarcations dont la U.S. Border Patrol se sert pour traquer les immigrants illégaux, compléta-t-elle.

– Dans ce cas-là...

Il renouvelait, en même temps, les cafés.

– ...laisse-moi te dire que ça doit brasser en baptême dans ces tape-culs-là !

Sa phrase à peine achevée, ils échangèrent un regard. Et alors ils firent quelque chose que ni elle ni lui n'oublieraient jamais.

Dans la bonne odeur de pâtisseries, pendant que les chandelles dans leurs bougeoirs (bronze et faïence) diffusaient leur douce lumière, ils pouffèrent de rire. De façon aussi incontrôlée qu'incontrôlable.

Pour rien. Comme ça – à moins que ce soit de fatigue ou de tension.

Et quand leurs rires moururent, ils furent bien loin de se douter que, s'ils avaient poursuivi la conversation dans le sens du dernier commentaire de Jean-Marie Comtois, ils auraient permis à l'enquête de faire un bond prodigieux – et privé l'assassin d'une victime.

16

23 juillet

LE RESPONSABLE DU BUREAU DES ENQUÊTEURS résuma
pour Jean-Marie Comtois les résultats du petit exercice
de mémoire réclamé, quelques jours plus tôt, à Michel
Plourde : dresser la liste d'anciens amis (ou d'ex-petits
amis) balisant le parcours de sa fille.

Pour être précise (figurait même, dans le courriel de
réponse du vieil enseignant d'arts plastiques, le nom de
l'accompagnateur de Sophie à son bal de fin du secondaire), la piste fanée n'aboutissait qu'à des garçons devenus
des hommes, la plupart perdus de vue.

Jean-Marie avait eu la main plus heureuse. Une
recherche lancée sur Google lui avait permis de découvrir
que, six ans plus tôt (et non trois, comme tout le monde
le croyait), Pierre-Benoît Lemaire amorçait une collaboration avec le fondateur de *Québec Nature*, cosignant avec
lui une série d'articles.

– Oubli ou dissimulation ? demanda-t-il.

La question restant pour le moment entière, alors que
sur la rue Frontenac, de tardifs participants de la Fête
du Lac des Nations s'éclataient comme un plat de maïs

soufflé, la conversation entre les deux hommes dériva. Cette fois, en direction de l'invitation dont certains privilégiés avaient joui, la veille.

– Leonard était là, résuma le capitaine, mais pas Adam.

– Vu, justifia Jean-Marie Comtois, que c'est lui qui assumait le quart de travail en soirée, et vu qu'il devait se réveiller à l'heure des poules pour la levée des scellés au *Jardin du petit pont de bois*.

– C'est vrai, approuva pour la forme le capitaine.

Intérieurement, il déplora une autre fois ce qu'il constatait depuis l'arrivée de son interlocuteur au sein de son unité : cinq, voire dix ans de travail côte à côte verraient son second considérer leur collaborateur des crimes majeurs, au mieux comme un étranger, au pire comme un adversaire.

– Mais Lisa était chez toi, elle, hier ?

Les conversations entre Lisa Marchal et Jean-Marie Comtois ne connaissant pas de fin, « le jour donnait des coups de pied au soleil », selon une expression du terroir ontarois de l'enquêteur, quand, du pas du promeneur dans les rues de la ville, il l'avait raccompagnée jusque chez elle.

Lisa habitait une ancienne demeure bourgeoise, spacieuse et pourvue de grandes vérandas blanches, récemment acquise par le couple qu'elle formait avec un avocat peinant à établir ses marques dans la profession.

Entrailles fragiles – plomberie et électricité à refaire –, l'extérieur restait également à rafraîchir, tout comme la Volvo familiale verte à la portière droite éraflée, garée sous un lampadaire.

À une fenêtre au-dessus d'une allée en pente menant à un garage double, au moment de prendre congé de Lisa – d'un raide et peu naturel bisou sur la joue –, Jean-Marie s'était demandé s'il avait été le seul à déceler, entre les lamelles d'un store, les contours d'une haute silhouette.

Anthony, avait-il pensé. *Inquiet*, s'était-il dit.

— Et pas de querelle entre Leonard et Lisa ? s'étonnait, à présent, le capitaine.

Un déclic attirant leur attention vers la porte dispensa Jean-Marie de répondre.

— Pas moyen, lança Adam Kovac en guise d'entrée en matière, de le faire bouger de là : Rondeau affirme, la main sur le cœur, que du début à la fin de l'expédition, le 15 juillet, il était à bord du bateau de croisière.

— Et le fait de ne pas apparaître sur la photo de groupe prise au terme de l'activité, il explique ça comment ? s'informa le chef.

— Quand je lui ai posé la question, relata le policier, il s'est renversé du café sur la main et m'a dit que, comme il n'était pas bien à la fin de la croisière, il était retourné au *B&B*.

Entre deux gorgées de café, l'enquêteur fit part à son supérieur de son intention de s'entretenir avec l'épouse d'Yvon Rondeau.

— Je gagerais mes lunettes, redouta son capitaine, même si le climat est au pire entre eux, qu'elle va réagir comme le font, 9 fois sur 10, les membres d'une même famille : l'esprit de clan prédomine, on resserre les liens et, quitte à mentir, on protège l'élément menacé.

— C'est-à-dire le voyeur ! trancha Adam Kovac.

— En admettant, nuança son chef, que ce soit le cas, ça ne fait pas pour autant d'Yvon Rondeau le tueur du *Jardin du petit pont de bois*.

— Même si…

Adam Kovac changea de position sur sa chaise, s'exprimant ensuite avec une vivacité qui ne passa pas sous le radar du responsable de l'unité des enquêteurs.

– Même si, selon les statistiques, beaucoup de voyeurs ont déjà commis ou commettront une agression ?

– Vingt pour cent, lui rappela le chef. Et si ce pourcentage grimpait à 90, qu'est-ce que ça changerait ? Ce qu'il nous faut…

– …c'est le coincer, se promit l'enquêteur.

– On ne le lâchera pas, l'appuya le capitaine. Mais en rassemblant des faits, en accumulant des preuves irréfutables…

– Elles ne manqueront pas !

– Sans aversion instinctive, Adam, crut utile de lui rappeler son supérieur. Sans peur irraisonnée.

Il allongea le bras pour décrocher un téléphone qui sonnait.

– On s'entend là-dessus ?

Adam Kovac confirma d'un mouvement de tête. L'instant suivant, absent au monde, il substituait au décor qui l'entourait une allée ombragée : celle entre le jardin et le terrain de camping d'Irène Roblès, d'où Eugénie Grondin, un peu plus tôt, avait surgi.

Longue et fine comme un roseau, ses traits délicats, sa casquette rouge…

Une fois les scellés judiciaires retirés, et les échanges de politesse expédiés avec ses collègues de la Régie de police de Memphrémagog, il était allé la rejoindre au jardin.

Irène Roblès, lui avait-elle expliqué pendant qu'il enlevait son veston pour l'aider, voulait accroître le nombre de postes d'alimentation des oiseaux.

L'intention était bonne, mais l'étroitesse de la place avait fait de l'exercice un véritable casse-tête. Eugénie voulait-elle, par exemple, placer les mangeoires au-dessus de celles que l'endroit comptait déjà ? Il était alors presque impossible de les atteindre, conséquemment de les approvisionner.

Adam proposait-il, de son côté, de placer les postes d'alimentation sur un fil de fer, à côté de ceux déjà en place? Compte tenu du peu d'espace, lors des jours de grand vent, ils risquaient de se tamponner. Au final, le problème avait été résolu en utilisant des troncs d'arbres dont l'excellence du support assurait la stabilité.

La pauvreté du coffre à outils (un canif, un marteau et une égoïne) avait représenté un autre défi de taille. Au moment de calculer la longueur d'un morceau de bois, l'absence de ruban à mesurer avait obligé l'enquêteur à écarter les bras et à désigner du regard l'espace compris entre ses mains.

– Selon toi, Eugénie, ça irait comme ça ?

Sur la terrasse, pendant qu'il nettoyait le jardin, le débarrassant des copeaux, des sciures de bois et des bouts de planches inutilisés, elle avait mis la table. Ils avaient mangé des tortillas accompagnées d'une marinade de petits légumes et bu, longuement infusé, un Yerba Maté. Une boisson tonique d'origine argentine au goût fort. Ils avaient plaisanté quant aux vertus prêtées à cette infusion, susceptible d'apaiser les maux de tête, de stopper la chute des cheveux et d'augmenter le désir sexuel. Question libido, faute de posséder avec Eugénie l'intimité qui aurait autorisé le commentaire qui lui était monté aux lèvres, Adam l'avait refoulé.

Ponctuée de silences et de rires, la conversation, au cours de ces heures qui avaient filé à une rapidité effrayante, avait tourné autour de tout et de rien : la musique, les livres, et puis le cinéma pour lequel il aurait aimé posséder une culture encyclopédique comparable à celle de son interlocutrice.

Regagnant à présent sa place, au sortir du bureau de son capitaine, Adam Kovac ressassait les moments d'enchantement à savourer de son passage matinal au *Jardin du petit pont de bois*, tandis que là-bas les pensées de l'assistante d'Irène Roblès suivaient une trajectoire tout aussi heureuse.

Dans le premier flash qui s'imposa à l'esprit d'Eugénie, elle était assise avec Adam, quelques heures plus tôt. Autour d'eux, invitantes, apaisantes, des fleurs dans des vases blancs ou dans de belles jarres. Au loin, le chant fragile de la cloche fêlée d'une petite chapelle érigée à proximité de la propriété d'Irène Roblès.

Lever de jour d'un calme absolu, jusqu'à ce qu'un des rarissimes hôtes du *Jardin du petit pont de bois*, ayant trouvé un insecte dans ses céréales, fasse passer lait, plat, ustensiles et plateau par-dessus la rampe de la galerie où l'homme déjeunait au soleil.

La situation avait beau être cocasse, elle n'avait amusé Eugénie et Adam une fois seulement que, armés d'un balai, la cour avait retrouvé sa méthodique organisation.

Protégeant d'un linge les *sopapillas* – beignets mexicains auxquels, rattrapés par l'horaire, ils n'avaient pu goûter –, Eugénie se plut à reconstituer un autre fragment de la rencontre : Adam racontant Debrecen. Une ville de Hongrie, lui avait-il appris, d'où sa famille était originaire. Cette localité se trouvait dans une vaste région de plaines et de collines, et ses grands-parents y vivaient encore. À sa demande, pour quelques phrases, le policier avait accepté de s'exprimer dans sa langue maternelle : bien moins remplie de pièges, à son avis, malgré sa complexité, que le français.

Elle évoquait ses yeux couleur de pluie et le baiser (sur le nez) qu'il lui avait donné avant de partir quand des voix, en provenance de la rivière, la tirèrent de ses pensées et Irène Roblès du repos qu'elle prenait sur un banc de métal, après être rentrée de l'une de ses épuisantes expéditions du point du jour.

Une dizaine de minutes plus tard, à bord du vieux Dodge Ram, les deux femmes roulaient sur la 247 brouillée par la réverbération.

Si, après avoir fait part à Irène de la contribution d'Adam à l'aménagement du jardin, Eugénie avait d'abord interprété l'attitude négative de son employeuse comme une réaction de résistance au changement, le lourd silence de la vieille dame persistant, son assistante se demandait s'il ne s'agissait pas plutôt d'autre chose.

Eugénie suspecta, notamment, une sorte de préjugé défavorable en lien avec le métier d'Adam Kovac.

À ce stade de ses réflexions, elle stationnait l'antique camionnette de sa patronne à la hauteur du stand de souvenirs de Tomas Saint-Arnaud dont la silhouette élancée s'encadrait dans le rectangle en façade de son kiosque, en agitant joyeusement la main dans leur direction. L'instant suivant, un rien racoleur et gentiment séducteur, dans son t-shirt coloré, son jean ajusté et ses grosses Doc Martens montantes et brillantes comme un sou neuf, il retournait s'empresser auprès de sa nombreuse et bruyante clientèle.

Irène Roblès, bien décidée à ce moment à ne pas subir, en queue de peloton, le ciel haut et brûlant, jouant des coudes, entraîna Eugénie à sa suite.

— Il faut que je te parle de la *Policía*, dit-elle à voix basse en se tournant vers son assistante, alors qu'elles n'étaient plus séparées du comptoir de Tomas que par un trio de touristes. Il faut absolument, *querida* [3], que je te parle de lui.

Si Adam avait connu la teneur des propos d'Irène Roblès, il se serait dirigé avec beaucoup moins d'allant vers Christine Savard, qui le saluait à partir de la borne de gonflage de pneus d'une station-service.

3 Chérie.

— On dirait, lui lança-t-elle en le voyant slalomer entre les capots des voitures, que vous venez de gagner 50 millions de dollars à la 6/49.

Une fois qu'il fut parvenu à sa hauteur, elle le taquina :

— Avec ou sans Extra ?

— Avec.

Sur le coup de midi, pour son unité de travail, un « petit miracle » s'était produit quand le second guide, à bord du *Grand Cru*, avait donné de ses nouvelles pour affirmer que, le 15 juillet, quelques minutes avant que l'embarcation ne lève l'ancre, alors que son camarade réglait les micros, un passager, soutenant qu'il n'était pas bien, lui avait demandé l'autorisation de descendre à terre.

S'il s'agissait d'Yvon Rondeau, en tenant compte de l'heure du crime et de la distance séparant l'embarcadère du bateau de croisière du *Jardin du petit pont de bois*, en restant conservateur, en roulant pépère, il aurait été possible à l'ex-hôte d'Irène Roblès, non seulement de commettre le délit, mais encore, de s'accorder une pause avant de trancher la gorge de sa victime.

— Vous allez au Central ? s'informa Christine.

— Après un détour par Fitch Bay.

Où il avait remis, pour cette seconde visite de la journée chez les Rondeau, un papier officiel convoquant le touriste à une séance d'identification organisée ce jour-là, à 18 h, au poste de police.

— Sur les traces de l'homme à la moumoute que vous cherchiez l'autre jour avec votre collègue ?

Il confirma l'exactitude de la déduction en même temps qu'il lui prenait gentiment, des mains, le couvercle de la valve des pneus.

— Vous avez quitté votre *cabin* au *Jardin du petit pont de bois* ?

– Pour le loft avec salle de bain personnelle, s'il vous plaît, d'une copine. Mais je vois que vous, vous êtes allé là-bas récemment.

Il revit, dans le petit matin transparent, le soleil montant joliment sur le treillis entourant la terrasse. L'instant suivant, il lui superposa un flash : Eugénie dans son chemisier ajusté, et ses seins qu'il avait tellement eu envie de toucher.

– L'endroit est toujours aussi désespérément… peu peuplé ? s'informa-t-elle.

– Malheureusement pour les affaires de sa propriétaire.

– Pensez-vous, suggéra-t-elle au crâne aux cheveux denses de l'enquêteur accroupi à la hauteur de la roue avant de sa voiture de location, que si un jour une armée de touristes japonais débarquait chez elle, Irène Roblès se résignerait, pour les accueillir, à déporter sa vénérable volaille et à sous-louer son sacro-saint poulailler ?

– La location de la mini-roulotte sur le terrain de camping, commenta-t-il le regard éclairé par un sourire, créerait moins d'émotion, vous ne pensez pas ?

– D'après ce que j'ai cru comprendre des deux aides domestiques d'Irène Roblès, objecta-t-elle, ce serait difficile vu que la mini-roulotte en question a été retenue pour le reste du mois par des parents de leur patronne qui y ont séjourné tout récemment.

Cela contredisant une déclaration d'Irène Roblès faite au début de l'enquête, une réaction de surprise échappa au policier.

– Qu'est-ce qui vous étonne autant ? lui demanda Christine Savard.

Il consulta sa montre.

– Vous êtes pressée ?

– Mon Dieu ! À part les passionnantes obligations liées aux activités de la sérieuse doctorante que je suis… J'ai rendez-vous avec Mark Duvall. Vous le connaissez ?

Il fit un signe affirmatif de la tête.

– Notre rencontre est fixée pour la fin de la journée.

– Je ne suis pas correct si…

– Je suis sûre, s'interposa-t-elle sur un ton gentiment moqueur alors qu'il se remettait debout, que vous en êtes incapable.

– Je suis indiscret, rectifia-t-il, si je vous demande où vous allez le rencontrer ?

– Pourquoi ?

– Comme ça.

– C'est pourquoi, *ça*, dans ce cas-là ? demanda-t-elle son index pointant le front soucieux du policier.

– Vous le connaissez comment, Mark Duvall ? demanda-t-il, bien décidé, cette fois, à ne pas tourner autour du pot.

– Sûrement moins bien que vous, répondit-elle faisant taire son téléphone qui sonnait, mais je peux, sans me vanter, vous assurer que je dispose d'un excellent pifomètre, si c'est le sens de votre question.

Lui imposant silence d'un geste :

– Mais comme je n'ai jamais eu, et je n'aurai jamais, à court, à moyen ou à long terme, l'intention d'appliquer la logique de la peur à mes actions : j'assume.

S'adoucissant (parce que, depuis un moment, elle lui trouvait non seulement de beaux yeux, mais un beau regard) :

– Ceci dit…

Les cheveux de Christine Savard, dans l'éblouissante lumière extérieure, paraissaient presque aussi blancs, dans leur blondeur, que son haut de soie décolleté en pointe.

– Ceci dit, merci de l'intérêt que vous portez à… à ma cause ? suggéra-t-elle, réussissant à lui arracher un sourire.

17

SI L'INSOLENCE ET LES DISCOURS DÉPLACÉS de Mark Duvall avaient épuisé la réserve de patience de ses supérieurs, en revanche, auprès d'une grande partie de ses collègues, l'agent de la U.S. Border Patrol jouissait d'un réel prestige, dû à son côté *showman*, mais aussi à un don, un talent naturel pour la parole qui, dans les assemblées, suscitait l'admiration des jeunes et des moins jeunes.

Ce jour-là – jour de congé pour lui – après sa demi-heure d'étirements et une heure consacrée à lever des poids et haltères, dès l'aube, il avait chaussé de grosses bottes de travail, enfilé débardeur et pantalon d'entraînement, avant de s'attaquer à la tâche consistant à mettre de l'ordre autour de lui.

Après avoir passé l'aspirateur, nettoyé les planchers à l'eau savonneuse, fourré une paire de casseroles, quelques couverts et autant d'ustensiles dépareillés dans le lave-vaisselle, il avait ouvert à leur pleine grandeur les fenêtres en façade. Sans l'artifice d'une obscurité maintenue par des rideaux poussiéreux, sous la pleine lumière du jour, les pièces et leur maigre contenu en avaient pris pour leur grade.

Depuis que sa femme l'avait quitté, quatre ans auparavant, l'impressionnante chaîne stéréo, couvrant tout un mur du salon, avait été sa seule acquisition. Il pouvait ainsi écouter Bill Monroe à l'époque bienheureuse des Blue Grass Boys. Quand le violon, le banjo et la mandoline atteignaient les plus purs sommets de la musique country, les décibels ayant la propriété de gruger le silence, il poussait le volume de l'appareil au maximum.

Toutefois, au sortir, ce jour-là, d'une longue douche, après avoir endossé une chemise noire et enfilé un jean de même teinte, qu'il comptait agencer à sa plus étincelante paire de bottes style militaire faites main, il scrutait satisfait, dans le miroir embrumé par la vapeur d'eau, son menton et ses joues. Un collier de cuir glissé autour de son cou musculeux, il lissa, en les faisant glisser entre ses doigts, ses cheveux abondants, gardés la nuque bien dégagée quelle que soit la mode du jour.

Remontant, un instant plus tard, un couloir sombre aboutissant à une cuisine qui aurait eu besoin de beaucoup d'amour du comptoir fendillé jusqu'aux électroménagers jaunis, il évalua qu'il avait le temps de boire un café avant de filer vers le quartier général de la U.S. Border Patrol. Pendant que l'eau tombait dans le filtre, adossé à la cuisinière, sa main libre fouilla la poche poitrine de sa chemise à la recherche de son paquet de cigarettes. Quand le briquet claqua, plissant les yeux, il approcha la flamme bleue de son visage et, une fois le papier embrasé, expulsa par les narines la première bouffée de sa Benson qu'il savoura comme si elle devait être le dernier geste heureux de ses 46 années de vie.

Dehors, une bande d'enfants se disputait la possession d'un ballon crevé. Quand les coups commencèrent à pleuvoir, sous les cris des petits et les injures de leurs aînés, la pensée du patrouilleur des frontières était rendue bien loin des quatre murs de sa maison qui sombrait sous l'œil indifférent de son propriétaire. Il évoquait alors Christine Savard. Le blond très doux de ses cheveux. Comme si, plutôt que du ciel, toute la lumière provenait d'eux.

Elle ne le savait pas encore, mais il avait négocié, un peu plus tôt, auprès de collègues pas trop regardants quant aux décrets administratifs, sa présence peu réglementaire à bord d'un bateau des patrouilleurs des frontières.

Autre surprise au menu : depuis la veille, il savait être en mesure de la mettre en contact avec un représentant de S.O.S. – *Save our State*. Un regroupement de citoyens, à l'origine californien, maintenant plus vaste, recommandant entre autres mesures dissuasives, afin de limiter le flot de clandestins, de leur interdire l'accès aux services de l'État.

Il ajouta un sucre à son café qu'il remua machinalement. Au même moment, alors qu'il évoquait les yeux brillants comme des pierres précieuses de Christine Savard – des yeux traduisant si bien, à son avis, la fougue et le feu du tempérament volcanique de leur propriétaire –, ressentant le besoin de bouger, il s'approcha d'une fenêtre à la vitre trop sale pour y voir au travers.

Bien que conscient de n'avoir aucune chance, à la fin de la soirée, de ramener la jeune étudiante chez lui, c'était en pensant à elle qu'il avait procédé au déblayage des lieux.

Histoire également de se prouver qu'il valait mieux que cette vie de cloporte qu'il menait depuis trop longtemps, il n'avait pas pris une goutte d'alcool de toute la journée.

18

Après avoir rappelé à Yvon Rondeau son choix de ne pas s'être fait accompagner et de ne pas avoir réclamé les services d'un avocat, le responsable de l'unité d'enquêteurs lui présenta un formulaire décrivant la procédure dans laquelle il s'engageait.

— Lisez-le attentivement, lui recommanda-t-il, et lorsque vous serez assuré d'avoir tout compris, nous vous demanderons votre signature. Nous prendrons également une photo de vous que nous verserons au dossier.

— Quel dossier ? faillit s'étrangler le gros homme, son visage semblant s'affaisser par couches successives.

— L'acceptation de participer à une séance d'identification, votre présence ici, votre nom au bas de ce document donnent lieu à un processus qui doit être enregistré.

Se massant le côté droit du visage, Yvon Rondeau fit machinalement signe que oui avec la tête. Luisant de sueur, à ce moment, l'air autour de lui, pour son entourage, était à la limite du supportable. D'un regard, le capitaine fit comprendre à Leonard qu'il lui confiait le témoin, lui-même en profitant pour mettre le cap vers son bureau. Là, l'attendait celle à qui un passager, sur *Le Grand Cru*, avait demandé l'autorisation de quitter l'embarcation un peu avant le début de la croisière sur le lac Memphrémagog, le 15 juillet.

Il découvrit une jolie brune à qui l'uniforme du Groupe Escapades allait comme un gant. Il estima son âge à la mi-trentaine (elle avait, en réalité, douze ans de plus).

– Je suis désolée d'avoir mis autant de temps à retourner vos appels, s'excusa Laurence Hardy.

Elle expliqua qu'étant en déplacement professionnel, ce matin-là en rentrant chez elle, elle avait pris connaissance des coups de fil laissés sur le répondeur de son téléphone fixe.

– Et comme mon mari et ma fille sont déjà installés chez mes beaux-parents pour les vacances…

– Hier, comme aujourd'hui, nous vous sommes extrêmement reconnaissants de votre collaboration, la déculpabilisa-t-il avant de lui demander si quelqu'un avait pensé à lui offrir quelque chose.

Mais bien avant l'arrivée d'un thé en sachet pour elle et, pour lui, d'un café, il s'était mis en frais d'expliquer le déroulement de la séance d'identification.

– Vous serez dans une pièce et les participants à l'exercice dans une autre. D'où vous serez, personne ne peut vous voir puisque les deux pièces sont séparées par un miroir sans tain. Dans l'endroit où se tiennent…

Au terme de son exposé, les yeux allongés comme ceux des chats de Laurence Hardy avaient gagné en intensité ce que l'inquiétude y avait semé, crut deviner le capitaine.

– À la fin de la séance d'identification, dit-il dans le but de la rassurer, nous vous ferons sortir par une porte où il n'y a aucun risque pour vous de rencontrer les hommes qui ont participé à la parade.

La main de la guide interrompit le va-et-vient de sa petite cuiller contre les parois de sa tasse.

– C'est parce qu'il est dangereux ? demanda-t-elle.

– Tout l'exercice ne vise qu'à préserver votre anonymat. Soyez sans crainte.

Pour être bienveillant, le ton n'en rappela pas moins à Laurence Hardy celui qu'elle-même employait auprès de passagers nerveux et un peu égarés.

– Pour être franche, ce que je crains… commença-t-elle.

Elle le regardait bien en face (depuis un moment, il avait enlevé ses lunettes et, sans elles, ses yeux, un peu proéminents, ourlés de longs cils recourbés, paraissaient immenses).

– Ce que je crains, c'est quelque chose qui me ferait prendre un innocent pour un coupable. Pour le reste…

Faisant passer le Tigrou (*Tigger*) en peluche de sa fille de ses genoux à son épaule :

– Pour le reste, je n'ai pas peur.

Fraîche et posée :

– Rassurez-vous, capitaine.

Au moment où il se demandait si c'était toujours de cette manière que Laurence Hardy remettait les pendules à l'heure, Leonard, à partir du cadre de porte, levait son pouce pour signifier qu'on n'attendait plus qu'eux.

Le local dans lequel le trio pénétra, miraculeusement épargné par le vacarme des couloirs, rappela à Laurence Hardy, par la teinte douce de ses murs, la salle dans laquelle, avec d'autres couples, après les cours prénataux, on les faisait relaxer. En s'étendant sur le sol, les monitrices invitaient les futures mamans à respirer par le ventre.

Sept hommes, découvrit-elle, s'étaient, derrière le miroir de protection, déjà mis en place. Chacun ayant à ses pieds un numéro correspondant, savait-elle, pour les policiers, à un nom.

Avant de se concentrer sur chaque participant, la pensée de Blanche-Neige lui traversant l'esprit, Laurence

Hardy se demanda si la princesse, lorsqu'elle avait vu les sept petites personnes qui allaient changer le cours de sa vie de manière décisive, s'était, comme elle, étonnée de leur nombre, bien plus que de leur gabarit.

Mais si ni Prof, ni Atchoum, ni Dormeur, ni Grincheux, pas plus que Joyeux, Timide ou Simplet, ne présentaient un tour de taille aussi imposant que celui des participants à la parade, ces derniers prenaient leur revanche côté capillaire, car aucun d'entre eux n'affichait le « total dégarni » des petits mineurs.

Au moment où elle se faisait cette réflexion, un des hommes porta sa main droite à son front. C'était avec des pattes d'ours semblables, épaisses et rugueuses, que, sur *Le Grand Cru*, se rappelait-elle, un passager lui avait repris, un peu précipitamment, son ticket d'embarquement.

Et, comme lui, la bande de cheveux gris argent qui lui barrait le front laissait à découvert une partie de son crâne lisse comme un derrière de bébé. Mais il manquait quelque chose à celui-là, casé près du mur du fond, pour que la guide puisse affirmer sans l'ombre d'un doute que le candidat n° 4 (il s'agissait d'Yvon Rondeau) soit bien ce passager qu'elle avait vu, le 15 juillet, enjamber à la hâte la passerelle menant au quai, un peu avant le départ du bateau de croisière.

Oui, quelque chose clochait. Mais quoi ?

Les lunettes ! Dans le souvenir qu'elle gardait de la traversée du 15 juillet, l'excursionniste qui lui avait demandé de descendre à terre en portait, lui.

Fine monture, deux tons, rectangulaires…

Non, se reprit-elle, non, non, l'homme avec des verres était le second sexagénaire de l'escapade. Celui qui ne cessait de lui réclamer l'heure.

Verres fumés.

Fumés ? Le soir ?

Cette série de faux départs commençant à jouer sur ses nerfs, à ce moment, Laurence Hardy croisa le fin regard du responsable de l'unité d'enquêteurs.

– Prenez votre temps, lui conseilla-t-il. Il n'y a rien qui presse.

Une autre fois la vitre aveugle du miroir sans tain. Une autre fois, la lecture des visages de ces hommes d'un certain âge. Habillés de façon similaire, de même origine ethnique, de même taille et de stature identique. À cet instant, il sembla à Laurence Hardy que ces septuplés d'âge mûr, se jouant de sa mémoire, se plaisaient à se multiplier à l'infini.

Sentant une sorte de martèlement battre à sa tempe, elle porta alors son attention sur le teint plombé de ces hommes à l'air fatigué. Elle se demanda si le passager sur le bateau affichait, lui aussi, un tel masque de pierre grise.

Sous les lampes de rue puissantes, disposées à proximité de l'embarcadère, si tel avait été le cas, une chose aussi évidente aurait-elle pu lui échapper ?

– L'éclairage est différent, fit-elle remarquer.

– Que sur le bateau ? demanda le capitaine.

Elle fit signe que oui avec la tête.

– On peut le modifier, suggéra-t-il.

– Ce n'est pas seulement ça…

Dans le silence uniquement parasité par la respiration des trois personnes qui s'y trouvaient :

– Je regrette, fut-elle forcée d'admettre, mais devant un tribunal, je ne pourrais rien jurer.

Le responsable d'unité la raccompagna jusqu'à la porte par laquelle il avait été prévu qu'elle sorte. Puis, ne se résignant pas à l'abandonner dans la cour, il resta avec elle.

– Ça va être très grave pour votre enquête ? s'inquiéta-t-elle.

À ce moment, au terme d'une conversation facile au cours de laquelle, étonnamment, l'échec de la séance d'identification n'avait même pas été effleuré, Laurence Hardy rendait à son propriétaire la grande main chaude qu'il venait de lui tendre.

— Pas tant que ça, la rassura-t-il.

— Mais vous êtes déçu ?

Poussant à présent la porte du Central de police, avant d'en traverser le hall d'accueil et de slalomer entre des groupes d'employés qu'il saluait distraitement d'un signe de tête ou de la main, le capitaine tenta d'analyser ses sentiments.

Lorsqu'il reconnut pour lui-même que la nature de son véritable désappointement du moment consistait à ne pas être le conducteur que Laurence Hardy avait attendu une grosse demi-heure, son regard fouillait, à ce moment, le local des enquêteurs à la recherche de son second.

L'œil d'ébène de sa subordonnée désigna, derrière des paravents, le coin-cuisine. Tout comme le sommeil simulé de son mari Anthony, la veille, alors que le bécot de Jean-Marie n'était pas encore séché sur sa joue, l'air absent d'Adam Kovac en arrivant n'avait pas échappé à Lisa Marchal.

Car à l'accueil frais que l'enquêteur venait de recevoir au *Jardin du petit pont de bois* où il s'était rendu, un peu plus tôt, pour une seconde fois de la journée, aux silences nombreux d'Eugénie Grondin, et à ce quelque chose de tendu dans la voix de la jeune femme, était venue s'ajouter, pour finir de le déstabiliser, la présence (l'omniprésence, à son sens) du très bronzé, très blond – et très beau – Tomas Saint-Arnaud.

— *Deux* personnes ? relevait, à présent le capitaine, insistant sur le pluriel du premier mot au terme du récit qu'Adam Kovac venait de faire de sa conversation avec Christine Savard. Deux « parentes » de la propriétaire du *Jardin du petit pont de bois* auraient séjourné là-bas en même temps que Sophie Plourde et Pierre-Benoît Lemaire ?

– Une femme et une enfant, précisa l'enquêteur.

– Quel âge, la fillette ?

La distance entre la main d'Adam et le plancher laissa supposer aux autres une petite fille entre quatre et cinq ans.

– Et tu n'as pas pu relancer Irène Roblès sur le sujet, commenta le chef, parce qu'elle n'était pas chez elle quand tu y es passé…

Après avoir vidé d'un trait son verre d'eau :

– Si vous voulez mon avis, à voir le nombre d'illégaux qui traversent la frontière depuis la dernière élection présidentielle américaine, la probabilité est grande que les deux « parentes » d'Irène Roblès soient des sans-papiers.

Il résumait la pensée de chacun.

« Ce qui me ferait plaisir, ajouta le chef d'un air pensif, serait d'entendre Duvall sur le sujet. »

La veille, sans autorisation officielle, le capitaine avait traversé la frontière et monté la garde, à Derby Line, à proximité du domicile de l'agent frontalier. Avec ses jumelles et un appareil sensible aux infrarouges braqués en direction d'un divan affaissé, planté au beau milieu d'un salon dénudé, il en avait été quitte pour ramener, du bungalow mal aimé, des images impérissables d'un monstre de muscles visionnant, torse nu, en short de jogging, la filmographie complète des combats d'arts martiaux à mains nues de Bruce Lee.

– S'il entretient, intervint Lisa, une liaison avec une clandestine, Duvall trahit le serment qu'il a prêté en joignant les rangs de la U.S. Border Patrol.

– Mais si son mauvais coup s'arrête là, plaça Leonard (réussissant à s'adresser à sa collègue sans échanger un regard avec elle), *ben manque* que l'affaire regarde ses boss, *yinke* ses boss.

– Mais pas en ce qui concerne les deux sans-papiers, lui opposa l'enquêtrice.

– Pour elles, réagit le chef sur un ton impressionnant, il y a la loi.

Elle fit pivoter son fauteuil pour faire face à son supérieur.

– Quelle loi ? lui renvoya-t-elle. Parce que suppose une minute que dans les veines de ces deux clandestines coule un sang autre que celui haïtien ou latino qu'on est en droit de supposer être le leur. Suppose encore, ajouta-t-elle tout aussi peu hiérarchiquement, qu'en arrivant ici, cette femme ait des relations, ou tiens, du fric, beaucoup de fric…

Prenant, cette fois, en plus de son chef, ses camarades à témoin :

– Vous pensez qu'on lui réserverait l'expulsion brutale ?

Un peu lâchement, comme les autres, le capitaine fit semblant de n'avoir pas entendu. La porte de son espace de travail refermée derrière lui, il prenait à présent connaissance du message expédié par le commandant en chef le pressant de solliciter les compétences et l'expertise d'une analyste d'enquêtes criminelles.

Sur son Samsung, Jean-Marie Comtois venait de lui texter, à sa sortie du cabinet du psychanalyste consulté par Nathan Gallant, un court message le prévenant de ne rien attendre du thérapeute tant qu'ils n'auraient pas en poche un papier officiel de la Cour lui intimant l'ordre d'ouvrir ses dossiers.

Le téléphone coincé entre l'épaule et le menton, les lunettes remontées sur le front, le capitaine s'efforçait, un instant plus tard, de trouver une façon d'annoncer à Michel Plourde et à Pierre-Benoît Lemaire le résultat décevant de l'exercice auquel Yvon Rondeau venait de se prêter.

19

À Stanstead, si les plus riches que riches ne courent pas les rues, on s'entend, là-bas, pour admettre qu'en alliant temps, patience et travail, tout le monde a sa chance. Pour le prouver, chacun se plaît à évoquer, à la lisière du Dairy Queen, l'exemple d'un petit snack en passe de devenir, en l'espace de quelques années, un empire de la restauration rapide.

Ce succès d'affaires, plusieurs fois applaudi par le conseil municipal, n'ayant pas fini de faire des petits, sur cette lancée est née, tout récemment, la Stanstead Plaza : une plate-forme de béton, quatre murs de planche, un toit aux poutres grossières. Vantant dans les deux langues les avantages de l'entrepreneuriat, l'endroit est perçu comme *la* plaque tournante commerciale de la région pour quiconque se montre soucieux d'engranger de solides bénéfices.

Avec, à l'horizon, ce baromètre au beau fixe, Tomas Saint-Arnaud avait caressé, pendant un certain temps, l'idée de louer un emplacement sous le chapiteau de ce bazar. Des circonstances – des prêts venus à échéance – l'avaient privé de participer à cette formidable aventure.

Gros coup porté aux ambitions de celui dont le passé appartenait à la misère, et qui, jeune adulte, y pataugeait encore.

Aussi pour oublier ce douloureux échec, le jeune Tomas se plaisait-il à rappeler à ses concitoyens qu'il n'y avait pas que des enseignes heureuses qui honoraient la rue principale de leur ville. À cet effet, il citait l'expérience du Météore, mis en mauvaise posture par Netflix. Malgré son habile promotion de deux films d'action pour le prix d'un, ses propriétaires ramaient fort, et souvent inutilement, afin de remplir leur unique salle.

Client pilier de l'endroit, Tomas s'était lié d'amitié avec le projectionniste du petit cinéma. Un garçon de son âge qui, à bientôt 19 ans, ne se gênait pas pour exprimer à qui voulait l'entendre son désir de ne pas faire de vieux os à Stanstead. Si Tomas Saint-Arnaud partageait le point de vue de son ami sur le sujet, tous ses projets personnels n'avaient strictement rien à voir avec le glamour et les paillettes qui mettaient l'autre en orbite.

Pour cette raison, il se plut à renouveler, en lorgnant son visage dans le rétroviseur, une promesse ferme, audacieuse et quasi quotidienne : ne jamais être de ceux qui, les bras croisés, envient le pouvoir et l'indépendance que procure l'argent, mais être l'habile artisan d'une étourdissante réussite.

À ce stade de ses réflexions, les haut-parleurs de la puissante mécanique qu'il conduisait à la vitesse grand V propulsaient jusqu'au-delà de la frontière des chansons d'amours mortes sur des airs de fanfare. Toutefois quand, dans une obscurité de four, il franchit une arche au-dessus de laquelle, entre deux vases de fleurs, sainte Rita montait la garde depuis bientôt quatre décennies, il prit la précaution de diminuer le volume du lecteur de CD.

Levant la tête, comme il avait vu si souvent le faire la deuxième, et toute récente, occupante du *Jardin du petit pont de bois*, il sonda le ciel sans fin. Au même moment, un sourire errant sur ses lèvres bien ourlées, Tomas évoqua la voix d'Eugénie Grondin, deux octaves plus bas que celles de toutes les filles qu'il connaissait. Puis, toujours avec cette expression attendrie sur le visage, il pensa que, parmi toutes les personnes qu'il connaissait, Eugénie était l'un des rares êtres, âge et sexe confondus, à ne jamais vous donner l'impression d'être ailleurs lorsqu'elle était avec vous. La seule, aussi, dans un siècle où tout allait si vite, à avoir su conserver son propre rythme.

Redevable envers sa bonne étoile, à cette étape de sa vie où tous ses repères personnels étaient chamboulés, d'avoir mis sur sa route ce solide attachement fraternel, il intensifia son sourire.

Porté par cette bulle de légèreté, il pensait à l'effet de surprise qu'allait produire son arrivée au *Jardin du petit pont de bois*, ce soir-là. Prêt à gager ses belles bottes en peau de buffle, il prédisait, intérieurement, un séisme dont, à l'échelle de la place, la magnitude allait atteindre des sommets.

Pari réussi.

Habituée à le voir chevaucher son cyclomoteur léger comme un plume ou sa bruyante Kawasaki, Irène Roblès mit un moment à croire à la réalité de ce que ses yeux découvraient. Cuir et chromes brillants, une voiture sport se pavanait à la hauteur de la terrasse, pendant que son fier conducteur, caressant les rondeurs du bolide, plaidait :

– Achetée d'occasion. Double pot d'échappement. Bas kilométrage. Parfait état.

Il s'était entendu la veille, ajouta-t-il, avec le propriétaire du véhicule, pour 5000 $ et des poussières.

« Une aubaine ! »

Dont il se plut à faire entendre l'étonnante et incontestable puissance.

La manœuvre fit secouer la tête à Irène Roblès en même temps qu'elle se bouchait les oreilles à deux mains. Et sur ses lèvres, qui savaient mieux que son regard exprimer les agitations de sa bouillante nature, une expression désapprobatrice apparut.

Malgré l'écart d'âge entre elle et Tomas, celui-ci n'en appartenait pas moins au cercle réduit des intimes de la vieille dame. Ils avaient fait connaissance au cours de rencontres sociales réunissant, autour de l'aréna, les bénévoles de l'endroit. Jointe à sa jeunesse, l'enfance chaotique du jeune homme avait ému la propriétaire du *Jardin du petit pont de bois*. Et lorsqu'il lui avait apporté son aide à la suite d'une intervention chirurgicale, liée à un anévrisme artériel, la patience et la générosité de Tomas étaient venues consoler la tendresse inconditionnelle qu'Irène Roblès lui vouait.

Toutefois, l'octogénaire se dit prête à renégocier certains termes de cette affection, quand, n'y tenant plus, se claquant les cuisses, essuyant de ses yeux les larmes que le rire y avait fait naître, Tomas avoua que la Camaro ne lui appartenait pas.

– « Quelqu'un » me l'a prêtée.

Conséquence de la vie extrêmement compartimentée de Tomas, Irène Roblès ne connaissait des fréquentations du jeune homme que ce que les amis de ce dernier devaient savoir d'elle : c'est-à-dire presque rien. Cependant, la tendresse maternelle ayant la réputation de se contenter de peu, la propriétaire du *Jardin du petit pont de bois* reconnaissait pour elle-même que c'était de ce « peu » que lui concédait cet enfant inimaginable qu'elle tirait le souffle même de sa vie.

Aussi, beaucoup, énormément, passionnément pour cette raison, quand les 348 chevaux du monstre de fer s'arrachèrent du périmètre de la cour, du duo féminin qu'elle formait, à présent, avec Eugénie Grondin, ce fut elle qui proclama, serrant par-dessus sa robe de chambre les pans de son châle, que la voiture avait du style et que, dans sa chemise rose mettant en valeur son teint bronzé, le *chico* avait du panache.

20

24 juillet

Une fois revenu de ses convulsions, le moteur se mit en marche et, dans l'étroit périmètre découpé par la lumière des phares, la nuit battit en retraite. Cependant que, partout ailleurs, tant au-dessus de la rivière que dans l'arête des arbres, elle s'accrochait, réduisant les *cabins* à une masse sombre.

C'est son assistante, alors qu'elle s'apprêtait à partir pour une autre de ses sorties du lever du jour, qui s'était proposée de l'accompagner. Avec un plein thermos de café, à présent, calé entre les deux sièges de la camionnette, tournant le dos à la Tomifobia, Irène Roblès demanda à sa conductrice d'emprunter l'autoroute.

De lourds camions, en les doublant, créaient une turbulence qui agitait la fourgonnette quand la propriétaire du *Jardin du petit pont de bois* réclama de stopper. Puis, une fois descendue du vieux Dodge Ram, elle imposa une autre exigence : celle de précéder. Dans le faisceau de sa lampe de poche braquée vers le sol, apparut alors une forme, puis une autre.

Bêtes fauchées dans leur course, ou interrompues dans leur lente progression. Pour celles-ci, ayant l'air de s'être assoupies aux portes d'un mystérieux sommeil, ou pour ces autres, aux chairs broyées et sanguinolentes, après leur avoir offert le couvert des arbres qui leur servirait de sépulture, Irène Roblès observa un moment de silence. Puis, geste simple et doux qui fit reculer l'indifférence et l'oubli auxquels la mort les avait condamnées, un moment plus tard, touchant une petite croix qu'elle portait au cou, elle laissa monter des mots à ses lèvres.

Lente, lourde et lasse, suivie d'Eugénie Grondin, tout de suite après, elle se dirigea vers la fourgonnette stationnée sur un accotement, au plus près d'un fossé. Toutefois avant de suivre la route suggérée par la ligne blanche sur l'asphalte, elle se tourna vers sa compagne, effleurant la pierre fine de son profil.

Depuis que sa sœur avait suggéré de lui expédier, tous frais payés, une assistante pour la seconder, du plus loin qu'elle pouvait se souvenir, Irène Roblès ne se rappelait pas avoir envisagé avec tranquillité la présence d'une étrangère chez elle. Mais parce qu'elle n'avait pas prévu celle-là – cette *chiquilla*, cette petite fille, au regard différent, responsable et autonome –, elle mesurait la valeur du « cadeau » d'Alba.

Le jour errait à l'est, comme s'il était retenu ailleurs, quand elles atteignirent un modeste temple tout blanc, accroupi sur un mamelon de la plaine. Pendant que la propriétaire du *Jardin du petit pont de bois* s'y recueillait, Eugénie prit place sur un banc de bois, un peu en retrait du chœur abondamment fleuri. Agitée par des pensées qu'elle ne cessait de retourner, pour aussitôt les abandonner avant de les reprendre, Eugénie espéra bien inutilement la quiétude et le repos suggérés par l'endroit.

Pour justifier les distances qu'elle lui avait, la veille, demandé d'observer vis-à-vis de la *Policía*, Irène Roblès lui avait raconté l'histoire de Manuela Paya : cette candidate à l'exil qui avait quitté son village des hauts plateaux mexicains, laissant derrière elle sa famille et le père de l'enfant qu'elle portait à son insu. Montée jusqu'à Mexico, Manuela s'y était faite vendeuse itinérante de melons, puis cireuse de chaussures. Poursuivant son rêve, après la naissance de son bébé, en auto-stop, elle avait rallié Tijuana, le poste frontière le plus fréquenté du monde : un demi-million de personnes interceptées chaque année, à raison de 1 500 par jour – mais où un clandestin sur deux réussit à déjouer la vigilance des douaniers.

Au risque de sa vie, et de celle de son nourrisson, elle avait escaladé, pour atteindre la Californie juste en face, des barrières métalliques de plusieurs mètres de haut. L'insuccès couronnant chacune de ses tentatives, Manuela s'était tournée vers Ciudad Juárez à partir duquel elle rêvait d'atteindre El Paso, au Texas. Toutefois, la rumeur faisant du désert le tombeau des sans-papiers, pas tellement en raison de ses pumas et de ses serpents, mais plutôt pour ses 50 degrés Celsius à l'ombre, elle avait tenté sa chance auprès des réseaux de passeurs. Des rapaces, dans les veines desquels coule le sang d'anciens négriers. Interceptée, Manuela avait été refoulée avec ses compagnons. N'ayant plus un peso, avec sa petite fille malade, elle avait été forcée de grossir les rangs de la Zona Roja, le quartier des prostituées de Juárez. Elle avait 17 ans. En nattant ses cheveux, en travaillant un peu son physique de femme-enfant, elle avait pu satisfaire les fantasmes d'hommes en mal de corps de fillettes.

– Tu lis beaucoup, *chiquilla*, avait déclaré Irène Roblès. Tu connais Carlos Fuentes ?

Eugénie avait fait connaissance avec l'œuvre de l'écrivain latino-américain par le roman *Los años con Laura Díaz* [4] qu'elle avait été capable de lire dans le texte d'origine, après trois ans d'espagnol en cours du soir.

– Il dit à propos de notre peuple : *Les Mexicains ne vont pas à la mort, ils y retournent, car ils en viennent.*

L'automne précédent, après 1 460 jours, quatre ans de grandes et de petites morts, Manuela, avec Solena, avait réussi à se soustraire à la surveillance de ses geôliers. Montées à bord d'un camion, seules sans-papiers parmi de nombreux cueilleurs de fruits, elles avaient traversé, la peur au ventre, plein nord, les États-Unis, échappant miraculeusement aux barrages routiers et aux traques de la *migra*, ce surnom que les illégaux donnent à la Border Patrol.

Descendues plusieurs centaines de kilomètres avant d'atteindre la frontière canadienne, s'aventurant sur les chemins de campagne, se frayant un passage à travers d'immenses étendues de forêt, contournant lacs et montagnes, la mère et l'enfant avaient atteint, affamées, déshydratées, couvertes de sueur et de crasse, Stanstead. Une nuit, Irène Roblès les avait découvertes fouillant dans ses poubelles. Bouleversée par la vision, elle leur avait cédé la roulotte installée sur le terrain de camping où leur cachette avait été relativement sûre jusqu'au meurtre de Sophie Plourde qui avait ameuté toutes les forces de l'ordre.

Eugénie changea de position sur son banc dur. Après des images ayant trait à Adam Kovac (une minute de plus de cette atroce et cruelle comédie, la veille, et elle se serait effondrée), elle tournait et retournait la même lancinante interrogation. Se pouvait-il que Mark Duvall, agissant en

4 Paru en espagnol en 1999 et traduit en 2001 par Céline Zins, sous le titre *Les années avec Laura Díaz*.

maître quand il se trouvait au *Jardin du petit pont de bois*, exigeant de connaître le pédigrée de chacun de ses hôtes, ne sache rien de l'existence de Manuela et de sa fillette ?

Comme elle refaisait le tour de la question, la réponse s'imposa à Eugénie : il savait.

Et il se taisait ?

En passant à côté d'elle, d'un signe de la main, ses dévotions terminées, Irène Roblès donna le signal du départ. Abandonnant du regard, au bout d'un moment, le ciel en suspension au-dessus de la route, Eugénie se tourna vers sa passagère. Bien décidée à se jeter à l'eau, elle voulait savoir :

– Qui sait que Manuela et Solena vivaient chez vous pendant que Sophie y était ?

Sa douceur affectueuse faisant de lui l'enfant du *Jardin du petit pont de bois*, elle demanda si Tomas Saint-Arnaud était dans le secret.

– *¡Claro que sí*, confirma Irène Roblès.

Évoquant pour elle-même, tout de suite après, l'anesthésie générale de la sensibilité que suggérait le regard de Mark Duvall, Eugénie soumit son nom à l'approbation de son employeuse.

– Et il se tait ?

– Non.

Le visage d'Irène Roblès était défiguré par la haine.

– Il se paie.

21

À l'heure où elle regardait d'habitude son réveille-matin, envisageant sans enthousiasme l'idée de s'extraire du lit, Lisa Marchal se rendit compte que Jean-Marie Comtois et elle avaient parcouru, depuis que Sherbrooke avait disparu du rétroviseur, pas loin de 220 kilomètres.

Et, tout au long du trajet, ils avaient abordé à peu près tous les sujets, même ceux qui fâchent, sans y parvenir.

— Des fois, ça m'arrive de me dire que tout ça fait partie du grand *show* politique…

Ils évoquaient, à ce moment, les dizaines de milliers de réfugiés qu'Ottawa se préparait, dans les prochaines années, à accueillir.

— Et je ne dois pas être la seule à penser comme ça parce que, au Canada, selon certains sondages, une personne sur cinq croit que le pays devrait mettre la pédale douce en ce qui concerne les demandeurs d'asile — et pour dire la même chose, en une journée, ici, au Québec, on a réussi à réunir 5 000 signatures.

Elle poursuivit son exposé en expliquant que, de son point de vue, à ratisser aussi large que se le proposait le gouvernement fédéral, il en oubliait de balayer devant sa porte. Pour appuyer son point de vue, elle évoqua les 50 000 sans-papiers vivant dans la Belle Province.

– Des hommes, des femmes, des enfants chinois, indiens, somaliens, mexicains…

Tournée en direction du profil rasé de près de son passager :

– Mais, concrètement, Jean-Marie, pour eux, comme pour les « parentes » d'Irène Roblès, qu'est-ce qu'on est prêt à faire au lieu de les renvoyer chez eux ?

Il se contenta de la regarder (frais chemisier blanc et sobre tailleur-pantalon vert tendre) glisser, avec aisance – en une seule manœuvre, dans un espace riquiqui et sans le recours à la caméra de recul numérique –, leur lourde Crown Victoria entre deux voitures mal garées.

Sous la lumière opaline de ce matin encore jeune, comme elle, une fois sa ceinture de sécurité dégrafée, il se donna le temps de prendre le pouls de la ville qu'ils venaient d'atteindre. Dix-neuvième agglomération la plus peuplée d'Amérique du Nord, se situant au 122e rang sur la planète pour son nombre d'habitants, Montréal, après Kinshasa et Paris, est, dans le monde, la cité comptant le plus de francophones.

Décollant, à présent, sa puissante carcasse de la portière, mettant ses pas dans ceux de sa collègue, il prit la direction d'un immense bâtiment de brique abritant l'École de criminologie de l'Université de Montréal. Cette maison d'enseignement fondée en 1960 n'avait été précédée, lui avait appris Wikipédia, que de quelques années par son équivalent à l'université de Berkeley.

Après avoir franchi un détecteur de métaux et une multitude de points de contrôle, munis d'un badge rouge de « Visiteur », les deux enquêteurs furent introduits dans le saint des saints : les unités de balistique, de chimie, de toxicologie et de biologie moléculaire (ADN), regroupées dans une salle en sous-sol spacieuse, là où un personnel hautement qualifié s'affairait.

Une femme aux cheveux strictement tirés en arrière vint à leur rencontre. Analyste d'enquêtes criminelles, ses vingt ans de métier et son expertise professionnelle de 2 000 assassins et victimes faisaient d'elle une spécialiste du comportement humain.

– Le voyage a été bon ? s'informa-t-elle.

Les présentations de part et d'autre complétées, elle venait de desserrer l'étau de sa poigne (une main, par ailleurs, douce et tiède).

« Parce que Sherbrooke, commenta-t-elle, c'est quand même une bonne trotte après le petit déjeuner. »

Confortables chaussures de marche et blouse blanche boutonnée n'arrivant pas à couvrir en entier une jupe bleu marine à mi-mollet : il ne manquait à la spécialiste qu'une paire de lunettes aux verres épais comme des culs de bouteille pour parfaire le stéréotype de la scientifique greffée à son laboratoire.

« La dernière fois que je suis allée là-bas, dit-elle par-dessus son épaule, c'était en 2011. »

Emboîtant le pas à leur guide, à ce moment, les policiers remontaient un corridor vert chasseur, illuminé comme un aéroport.

« Soixante-dix centimètres de neige, en même pas 24 heures, venaient de tomber sur la ville et on en annonçait 10 supplémentaires, raconta-t-elle. Le transport des médecins et des infirmières était effectué par les policiers. Et les écoles, l'université et même les stations de ski étaient fermées. Et moi qui étais allée en Estrie pour visiter ma nièce et faire un petit détour par les pentes du mont Bellevue, eh ben, j'en ai été quitte pour faire de la raquette sur la rue Argyle. »

Elle les précédait, au même moment, dans une pièce sans photos de famille sur le bureau ni diplômes aux murs, mais à l'atmosphère feutrée et à l'ambiance paisible.

Tout le dossier en rapport avec l'assassinat de Sophie Plourde étalé devant elle – versions papier et électronique, lues et relues –, la profileuse prit place derrière une table de travail en forme de demi-lune. Elle amorça l'entretien professionnel en avançant l'idée que le couteau étant une arme virile et, en psychanalyse, le symbole du sexe masculin, ces faits réunis renforçaient, pour elle, l'hypothèse qu'un homme soit l'auteur du crime commis au *Jardin du petit pont de bois*, le 15 juillet.

– Un homme qui a pensé à se munir d'une paire de gants neufs, qui a pris la précaution de chausser des surbottes. Donc, nous avons affaire à un tueur structuré.

Installés dans de spacieux fauteuils (l'endroit ne manquant pas de distinction), les autres approuvèrent.

« Et qui dit tueur structuré dit tueur socialement compétent », ajouta-t-elle.

Allongeant le bras pour allumer une lampe :

– Quant à sa capacité à se fondre dans le décor – tout autant que la facilité avec laquelle il s'en est extrait –, ce fait tend à prouver que le tueur connaît bien la place : il vit, a vécu, séjourne, a séjourné au *Jardin du petit pont de bois*.

– Quelqu'une au bureau, marmonna Jean-Marie Comtois, nous achale avec cette idée-là depuis le début de l'enquête.

La comportementaliste se surprit, à la musique de la voix gentille (et au rire que retenait sa collègue), à envier la complicité devant exister entre ces deux-là. L'instant suivant, le rêve ne faisant pas partie de la banque de données de ce cerveau redoutable, elle les priait de lui décrire, brièvement, l'impression que laisse, à ses hôtes, la propriété d'Irène Roblès.

Ils dirent :

– Dépouillée.

– Inconfortable.

– Et, tous âges confondus, demanda la profileuse, les hommes qui y transitent, qui la fréquentent – parmi eux, faut-il le rappeler, se trouve celui qui, avec une rapidité foudroyante, a froidement tranché la gorge d'une femme –, ils sont comment ?

– Habitués à un minimum de confort.

Il consulta sa collègue du regard.

– Des familiers de la vie à la dure, renchérit-elle.

– Jeune, docteur ?

– En tout cas, répondit la spécialiste, pourvu d'une main sûre puisque d'un seul coup de lame, rappelons-nous, il a fait passer sa victime de vie à trépas.

Jean-Marie Comtois revint à la charge en voulant, cette fois, connaître l'éventail de possibilités qu'offrait la cire d'abeille.

– Si le produit n'est pas ce que, dans notre jargon, nous appelons une « signature », en d'autres mots la carte de visite du tueur, expliqua la comportementaliste, elle nous fournit une information de première main sur la personnalité de l'assassin : ce n'est pas quelqu'un de méticuleux, d'ordonné. Je n'ai pas de mal à imaginer qu'autour de lui règne un certain désordre, voire un désordre certain.

– Observable ailleurs que chez lui ?

– Ce n'est pas impossible, puisque notre intérieur est souvent une photographie de ce que nous sommes.

– Autre chose…

Jean-Marie Comtois lut, à voix haute sur son iPad, un bref extrait du rapport du médecin légiste.

– « *L'arme du crime est un couteau de chasse bien aiguisé, de type Revolver Hunter, disponible, pour une quarantaine de dollars, dans toutes les quincailleries du pays.* » Le meurtrier ne roulerait pas sur l'or et, conséquemment, ne se serait peut-être pas encore débarrassé du couteau ?

— Et ne compte pas le faire de sitôt, répliqua calmement la spécialiste.

Trop calmement pour les enquêteurs dont les stylos s'emballèrent. Lisa Marchal, qui pouvait tout à la fois écrire et se saisir de son verre d'eau, en même temps qu'elle parlait, demanda s'il était possible de déterminer le sexe de la prochaine proie du tueur.

— Dans l'éventualité où la beauté et la jeunesse ont joué un rôle dans l'exécution du crime, voulant reproduire le même « pattern », le tueur va privilégier un sujet ayant sensiblement le même âge, le même type physique et le même profil psychologique. Sa prochaine victime sera également un sujet de sexe féminin si l'assassin a décidé de supprimer la jeune imprésario pour le seul motif d'être une femme.

— Attends ! s'exclama Jean-Marie Comtois.

Ses grosses lunettes de presbyte à monture noire juchées un peu de travers sur le bout de son nez :

— Un féminicide ? demanda-t-il.

— Quand on sait, confirma la spécialiste, que les violences machistes dans le monde représentent la première cause de mortalité chez les femmes âgées entre 16 et 44 ans, ça demeure tristement envisageable.

Se laissant aller contre le dossier de son fauteuil ergonomique, Lisa Marchal repensa aux charades, lorsqu'elle était enfant, que son père préparait avec soin avant de la voir déballer la ribambelle de cadeaux achetés à l'occasion de son anniversaire.

Mon premier est...
Mon second est...

Et mon tout, compléta-t-elle en son for intérieur, aux prises avec un profond sentiment de frustration, *est un individu répugnant pour qui la vie humaine ne vaut pas grand-chose.*

— Toutefois, enchaîna la comportementaliste, sa prochaine cible sera aussi bien un homme qu'une femme, si ce tueur « anormalement normal » ou « normalement anormal » est un prédateur social, c'est-à-dire un individu motivé par un motif sordide, mercantile.

— Pourtant, objecta l'enquêtrice, il est resté indifférent à des bijoux de prix.

— Quelqu'un pénètre chez vous, lui retourna la profileuse, vole, supposons, tous les appareils électroniques que contient votre maison, indifférent, même s'il est fin connaisseur, à une toile de maître. Pourquoi ?

Lorsqu'elle souriait, les yeux de l'analyste d'enquêtes criminelles semblaient exclus du moment de détente.

— L'art n'est pas sa « branche », laissa-t-elle tomber.

Tout de suite après, à propos des tampons hygiéniques, disposés en rang d'oignons sur le banc de bois précédant la douche, elle émit l'hypothèse qu'il pouvait s'agir d'une fausse piste.

« Une macabre mise en scène de la part du tueur. »

Sur la surface de son bureau, gérée au millimètre près, au même moment, un BlackBerry se mit à vibrer. Après un regard à l'appareil, la criminologue rejeta l'appel.

— Lorsque vous éplucherez votre liste de suspects, déclarait-elle à présent abordant le jour de la semaine où le crime avait été commis, comme les soirées des samedis et des dimanches représentent souvent un moment creux dans la vie de certains divorcés ou célibataires, considérez avec intérêt un homme gravitant, ou ayant gravité, autour du *Jardin du petit pont de bois* appartenant à l'une ou l'autre de ces catégories.

– Parmi nos « têtes à claques », commença Lisa Marchal, et nos « têtes de caractériels »…

Aux côtés de Jean-Marie Comtois, l'enquêtrice progressait vers le fond du parc de stationnement de l'École de criminologie.

– Ta préférence va vers qui ?

– Les « anormalement normaux » et les « normalement anormaux » font partie de nos « têtes à claques » ou de nos « têtes de caractériels » ?

Elle rit de bon cœur, se disant, pour elle-même, qu'elle avait là la crème des coéquipiers.

Mais pour combien de temps encore ?

L'exigence de la conversation (son collègue proposait une bouchée avant de reprendre la route) lui épargna, dans l'immédiat, la peine d'évoquer cette échéance qui, invariablement, lui mettait le cœur en vol plané.

22

– C'EST VRAI, CONVINT PIERRE-BENOÎT LEMAIRE, y a cinq, six ans, alors que j'étais encore à l'emploi d'une agence de tours guidés, et que Nathan n'avait pas encore mis sur pied son magazine, on a travaillé ensemble. C'était dans le cadre d'un reportage, chez les Inuits du Canada, à la hauteur de la Terre de Baffin. Pendant 27 jours – zéro confort, zéro hygiène –, on a partagé 10 mètres carrés de tente. Et si j'ai découvert qu'une boîte de conserve, qui a largement dépassé sa date de péremption, pouvait le mettre dans un état second, j'ai surtout retenu de lui qu'il s'est toujours montré bon compagnon, en plus d'avoir été un partenaire créatif, intelligent et honnête.

Adam Kovac se demanda si le dernier qualificatif aurait été porté au palmarès du fondateur de *Québec Nature* si Pierre-Benoît Lemaire savait que, quelques jours plus tôt, l'autre caressait le projet de lui chiper sa femme.

– C'est peut-être à cause de cette ancienne proximité, vous comprenez, poursuivit le photographe, que je n'arriverai jamais à imaginer Nathan dans le rôle du « dangereux tueur amateur de cire d'abeille ».

Ses avant-bras appuyés sur la table — à l'annulaire gauche, l'alliance flottait —, il refusa d'un signe de tête le verre de polystyrène que lui tendait Adam Kovac.

— L'homme que vous avez récemment soumis à une séance d'identification, demanda-t-il, quelle est votre conviction intime à son sujet ?

— Mon opinion ne réussirait pas à convaincre un jury, répondit l'enquêteur, mais je crois que cet individu n'est pas net.

Pierre-Benoît Lemaire resta un moment silencieux. Lorsqu'il reprit la parole, il le fit sur le ton de quelqu'un qui suivrait le fil intérieur d'un film inlassablement repassé.

— Elle avait 27 ans, monsieur Kovac. Elle avait de la classe, du cœur… Elle croyait… Sophie croyait que l'Art et le Beau allaient sauver le monde… À 16 ans…

Cheveux en bataille, pas rasé, donnant l'impression de prendre ses chaussures de course orange électrique pour ses interlocuteurs :

« À 16 ans, elle rêvait de visiter les 100 plus beaux musées du monde et déjà, elle pouvait réciter les 196 œuvres de la période bleue de Picasso. »

Il ferma les yeux.

« Elle était le soleil de ma vie et plus jamais je ne pourrai la prendre dans mes bras… »

La main qu'il passa à ce moment sur ses traits parut aussi lasse pour son observateur que son visage exténué.

— Attendre, comme ça, que celui qui a volé la vie de Sophie soit arrêté, c'est… c'est l'enfer.

— Je comprends, sympathisa le policier.

— J'en doute.

Prononcé d'une voix dépourvue d'hostilité — celle de Pierre-Benoît Lemaire en toutes circonstances —, le commentaire n'en fit pas moins baisser les yeux à Adam Kovac. Et, pendant un moment, seul le ronronnement du climatiseur parasita l'épais silence.

– À votre retour des États-Unis, réclamait à présent le policier reprenant pour la énième fois le déroulement de la journée du 15 juillet, votre femme vous aurait-elle parlé de quelqu'un qui, par son comportement, par ses paroles, ou de toute autre manière, l'aurait alarmée, inquiétée ?

– Je me souviens qu'elle m'a dit, quand je suis rentré un peu passé 18 h, avoir conversé avec Irène Roblès, mais j'imagine que ce n'est pas à ça que vous pensez…

Il était approximativement 14 h, avait-on pu établir, lorsque Sophie avait échangé quelques banalités avec la propriétaire du *Jardin du petit pont de bois*. La jeune femme prenait un bain de soleil – et il ne lui restait pas beaucoup plus qu'une demi-douzaine d'heures à vivre.

– Elle a aussi placoté avec une p'tite sœur… Mais je vous ai déjà tout dit ça…

Parce qu'il avait joint toutes les personnes dont le nom apparaissait dans le registre du *Jardin du petit pont de bois* pour la journée du 15 juillet, l'enquêteur savait que la mère supérieure du couvent de Stanstead avait transité par la propriété d'Irène Roblès.

– Ça été tout un événement ! dit Pierre-Benoît Lemaire tandis que, transformant l'homme, l'esquisse d'un sourire visitait son visage.

– Comment ça ?

– Faire parler Manouche en anglais ! Elle qui disait toujours que la langue de Shakespeare lui entrait par une oreille et lui sortait par l'autre ! Mais vu que la p'tite sœur ne connaissait pas un traître mot de français…

– La supérieure du vieux Couvent de Stanstead ? lâcha l'enquêteur avec un réel étonnement.

À l'époque où, déjà haut comme une tour, Adam Kovac entreprenait sa troisième année du secondaire, la religieuse avait été son enseignante de français.

— Donc elle parlerait parfaitement français ? bredouilla le photographe.

Profondément troublé, il se leva.

— Pourquoi, dans ce cas-là, demanda-t-il, avoir dit le contraire à Sophie ?

On avait trop joué au yo-yo avec les nerfs de chacun depuis le début de l'enquête pour qu'Adam Kovac se montre autrement que prudent. Ce qui ne l'empêcha pas, une fois installé derrière le volant de sa voiture, et encore en remontant l'allée de ciment menant à la résidence des religieuses, de sentir les picots de la chair de poule lui parcourir la nuque.

Traversant, à présent, le hall d'accueil d'un bâtiment calme et sonore, parfumé comme une boîte d'épices, au moment d'être introduit dans le bureau de la supérieure (une table, des chaises, un téléphone, mais des fleurs partout), il espérait si fort tenir un élément susceptible de faire rebondir l'enquête que, sous la pression de l'attente, il serrait les poings à s'en blanchir les jointures.

Pour justifier le fait qu'elle n'ait pas mentionné la présence d'une consœur à ses côtés au *Jardin du petit pont de bois*, le 15 juillet, la vieille religieuse expliqua que, confinée au stationnement, de son point de vue, leur novice n'avait pu voir personne, encore moins parler à quiconque.

Convoquée, la religieuse confessa, sous le regard intraitable de sa supérieure, qu'elle s'était, pendant un moment, éloignée du stationnement. Les joues brûlantes, elle ajouta avoir suivi un passage de terre battue qui l'avait menée sur les rives de la rivière Tomifobia. C'était en regagnant le stationnement, après avoir échangé quelques mots avec Sophie Plourde, qu'elle avait aperçu « *a big man of a certain age* ». Et « ce gros homme d'un certain âge », qu'elle reconnut sur la photo d'Yvon Rondeau, présentée par le policier, portait en bandoulière un appareil photo. Un modèle Minolta noir et blanc identique, fut-elle en mesure de spécifier les yeux pleins d'étoiles, à celui avec lequel elle avait photographié le pape François, à Rio de Janeiro, dans le cadre des Journées mondiales de la jeunesse.

Des heures plus tard, flanqué de cinq policiers disciplinés et silencieux, Adam Kovac débarquait à Fitch Bay.

— Monsieur Rondeau, dit-il, ses solides épaules moulées dans un t-shirt kaki, nous disposons d'un mandat judiciaire.

L'homme souleva docilement le loquet de la porte moustiquaire et l'entrouvrit, s'effaçant ensuite pour laisser entrer l'équipe d'investigation.

— Votre femme n'est pas là ? demanda Adam après un regard en direction d'une table où un déjeuner unique achevait de se fossiliser.

— Ce n'est sûrement pas pour vous en informer que vous vous êtes déplacés en si grand nombre, répliqua Yvon Rondeau, puisant dans l'urgence un sursaut d'énergie.

Il conservait sur son visage l'expression ahurie qui lui faisait ressembler, comme lors de la séance d'identification, à un somnambule.

— Vous avez fait de la photo, récemment, monsieur Rondeau ?

— De la... de la photo ? Je n'ai pas... Je n'ai même pas... Je n'ai rien pour ça.

Plus tard, dans le bruit des tiroirs ouverts et refermés, dans le claquement des portes d'armoire, en superposition aux éclats de voix, Leonard, après la minutieuse fouille à laquelle il venait de soumettre la salle de toilette, fit un signe négatif de la tête en direction de son coéquipier avant de se diriger vers la porte, en agitant un trousseau de clés.

Pendant qu'il sondait les portières, vidait la boîte à gants et tâtait l'intérieur du toit de la voiture du couple Rondeau, Danny Fontana, un jeune agent en uniforme du poste 441, mettait la main sur un appareil photo Minolta, camouflé près de la roue de secours de la Ford Focus. Il aurait pu en réciter par cœur la fiche technique : au Walmart, tout le temps qu'il avait travaillé au comptoir photo afin de payer ses études, il avait vu quantité de « dinosaures », réticents au virage numérique, le supplier de ressusciter un machin de ce genre.

— Je vais chercher Adam, annonça-t-il, passant sa tête bouclée par-dessus le coffre ouvert de la voiture.

Il n'eut cependant guère le temps d'esquisser quelques pas avant d'être interpellé par Leonard. Celui-ci brandissait une série de photos couleur avec des traces de doigts indiquant qu'on les avait souvent manipulées.

Un seul sujet pour le lot. Bikini à pois rouges, écouteurs vissés aux oreilles, paupières closes, un sourire bienheureux et éternel adoucissant ses traits d'une beauté bouleversante : Sophie Plourde. Sa belle tête couronnée d'envoûtantes tresses d'or.

— Monsieur Rondeau, dit Adam Kovac, posant sa main sans ménagement sur l'épaule du prévenu après lui avoir rappelé ses droits, je vous arrête dans le cadre de l'enquête sur l'assassinat de Sophie Plourde.

Puis il réclama des conducteurs de chaque voiture de patrouille un départ sobre. Ils roulèrent donc gyrophares éteints jusqu'au Central de police. Son supérieur l'accueillit et voulut savoir s'il y avait des chances qu'Yvon Rondeau avoue, étant donné que le couteau restait introuvable.

– Mis en présence des photos, j'ai bon espoir, s'encouragea l'enquêteur.

L'instant suivant, son chef lui faisait part des résultats de la rencontre que Lisa Marchal et Jean-Marie Comtois avaient eue avec l'analyste d'enquêtes criminelles.

– L'éventualité, rapporta le capitaine, d'un prochain et second crime est plus que probable. Vu l'impunité dont son forfait jouit, il n'est pas impossible que l'assassin sévisse même dans les parages du lieu de son premier délit.

Le capitaine se décolla du mur sur lequel il avait, jusque-là, pris appui. Sous la lumière crue d'un plafonnier, il referma le carnet qu'il avait gardé à la main tout au long de sa communication.

– Toujours de l'avis de la profileuse, ajouta-t-il, si le crime du 15 juillet n'est pas l'acte d'un individu motivé par la haine des femmes, et s'il ne s'agit pas d'un prédateur social, le tueur pourrait bien être un pervers, excité par le contact visuel.

23

Sous une lumière forte accentuant les traits tendus des personnes présentes dans la pièce, l'enquêteur prit place derrière une table rectangulaire sur laquelle quatre verres de polystyrène tenaient compagnie à une large enveloppe brune.

Après avoir rappelé, devant la caméra, la date, l'heure et les noms des participants à l'interrogatoire, Leonard se chargeant de prendre des notes, Adam Kovac prit la parole.

– Sophie Plourde, monsieur Rondeau...

– Je ne sais pas... Je ne sais pas de qui vous parlez...

L'avocate, chargée de la défense d'Yvon Rondeau, se tourna vers son client qui transpirait abondamment. Après des années à titre de réceptionniste dans un cabinet de dermatologues – avant, pendant, et même au terme de brillantes études de droit –, la terrible odeur qu'il dégageait n'avait pas eu longtemps de secrets pour elle.

Elle avait diagnostiqué une hyperhidrose, que dans l'effervescence des dernières heures, le pauvre homme n'avait pas eu le temps de camoufler.

– Je ne connais son nom que... seulement depuis que... seulement depuis que vous me l'avez dit.

– Donc depuis quelques heures ? voulut s'entendre confirmer Adam Kovac.

La respiration bruyante comme celle d'une forge, essuyant ses mains moites après son pantalon à taille extensible menaçant de péter aux coutures, Yvon Rondeau fit oui, avec conviction, plusieurs fois avec la tête, son double menton participant à l'exercice.

— Aussi vrai… Aussi vrai que je suis là, ajouta-t-il.

— Et aussi vrai, lui riposta l'enquêteur, que ce jour où vous m'avez dit être arrivé en Estrie le 16 juillet, alors que vous étiez chez nous depuis le 12 ?

Avancé sur sa chaise, Adam Kovac à ce moment réduisait à quelques centimètres à peine l'espace le séparant du prévenu.

« Aussi vrai, renchérit-il, que cette fois où vous avez affirmé, à Fitch Bay, n'avoir jamais mis les pieds chez Irène Roblès avant de vous installer là-bas le 16, alors que… »

Sans hâte, il étala en éventail sur la table de la salle d'interrogatoire une série d'instantanés libérés de leur enveloppe.

— Alors que le jour de sa mort, soit le 15 juillet, vous voliez ces images à Sophie Plourde.

— Juré ! riposta Yvon Rondeau. Juré. Jamais, au grand jamais, je n'ai cru que les photos que j'avais… étaient celles de la femme… de la jeune femme sauvagement assassinée.

— Pourtant, réfuta l'enquêteur, chaque fois que sur les chaînes de télé on évoque le meurtre survenu au *Jardin du petit pont de bois*, chaque fois une photo de Sophie apparaît à l'écran.

— Mon client, intervint l'avocate, vous devez être en mesure de comprendre ce genre de chose, n'a ni entendu ni vu ce à quoi vous faites allusion. Il est en vacances.

— Personnellement, se plut à lui répondre le policier d'une voix courtoise, les vacances ne m'ont jamais rendu ni aveugle ni sourd.

La dernière fois qu'il avait croisé le fer avec la juriste, parce qu'il avait refusé de retirer une question de l'interrogatoire du client qu'elle défendait, elle avait réussi à le dépouiller du dossier.

— Combien de temps, reprit Adam Kovac, diriez-vous être resté au *Jardin du petit pont de bois*, le 15 juillet, monsieur Rondeau ?

Sous la lumière aveuglante d'un tube fluorescent au-dessus de lui, pour toute réponse, l'homme se borna à hausser les épaules en signe d'ignorance.

— En faisant un effort ? persévéra le policier.

— Pas longtemps.

— Quinze minutes ?

— Peut-être… Peut-être pas…

— On pourrait s'entendre pour une durée n'excédant pas une vingtaine de minutes ?

— Si vous voulez.

— Et vous avez toujours été seul ?

— Oui.

— Mais il y avait des visiteurs autour de vous, au jardin et sur la rivière ?

— Ça se peut.

— Quelqu'un vous a remarqué.

La mèche de cheveux qu'Yvon Rondeau rabattait, d'habitude, sur le sommet de son crâne, pendait à ce moment, lamentable.

— Et cette personne nous a dit, bluffa l'enquêteur, que l'impression que vous lui aviez laissée, ce jour-là, était celle d'un homme heureux. Probablement en raison des belles photos de Sophie que vous veniez de prendre.

Sans point d'interrogation.

— Rappelez-moi où vous les aviez mises, vos belles photos de Sophie en bikini.

– Étant donné la fouille brutale à laquelle vous vous êtes livrés, vous et votre équipe, s'insurgea l'avocate alors que son front large et haut se barrait de rides, vous savez très bien où elles étaient.

– Mais si nous ne rappelons pas les circonstances, Maître, répliqua le policier sans se départir de son calme, dites-moi comment on va pouvoir établir la preuve !

– Si preuve il y a. Toutefois, concéda-t-elle, j'autorise mon client à vous répondre.

Ce qu'il fit.

– Où, dans votre voiture ?

Yvon Rondeau leva la tête.

– Je ne m'en souviens plus, dit-il les yeux fixes et vides comme ceux des statues.

– Sous le siège du conducteur, est-ce possible ? suggéra Adam Kovac.

– Ça se peut.

– Pourquoi là ?

– Ma femme… Francine ne veut pas d'appareil photo.

– Vous savez pourquoi ?

– Non, répondit-il avec un filet de voix.

– Moi, je pense, lui retourna Adam Kovac dans un quasi-chuchotement, que c'est parce qu'elle sait ce que vous faites avec.

Sur son siège à armature métallique d'une douloureuse rigidité, Yvon Rondeau chancela comme s'il venait d'être giflé.

– C'est le fait de revoir, reprit le policier, puis de revoir encore et encore ces photos de Sophie en bikini qui vous a incité à repasser par Stanstead, dans la soirée du 15 juillet, monsieur Rondeau ?

– Sur quoi vous basez-vous, réagit avec énergie l'avocate, pour revenir sur la prétendue présence de mon client au *Jardin du petit pont de bois*, dans la soirée du 15 juillet ?

– Aucun des participants sur le bateau de croisière *Le Grand Cru*, à bord duquel il dit avoir pris place, ne garde un souvenir de lui.

– Du réchauffé !

– Sur la photo prise à la fin de l'excursion, M. Rondeau est désespérément absent.

– Cette question, protesta-t-elle, nous l'avons évoquée, mon client et moi. Et il m'a fourni une réponse plus que satisfaisante : la séance photographique lui est bêtement sortie de la tête. Aussi, une fois le bateau à quai, croyant l'activité terminée, il est reparti vers l'auberge où il séjournait avec son épouse.

L'enquêteur se saisit du rapport relatant sa visite à Fitch Bay le 23 juillet, que lui passait son coéquipier.

– « *Si vous étiez à bord du bateau de croisière, le 15 juillet, comment expliquez-vous votre absence de la photo prise par les guides ?* » Réponse de M. Rondeau : « *Je ne me sentais pas bien à la fin de l'excursion, alors je suis rentré à l'auberge.* »

L'avocate se pencha sur le compte rendu qu'Adam Kovac venait de lire.

– Ne nous querellons pas sur le choix des mots, tenta-t-elle de minimiser. « Oubli », « maladie » : dans les deux cas, ne s'agit-il pas d'une… défaillance ?

– Le soir du meurtre de Sophie Plourde, au « départ » de la croisière, un passager a demandé l'autorisation de descendre du bateau en utilisant le prétexte que m'a fourni M. Rondeau, le 23 juillet. Croire que votre client et ce passager ne font qu'un, vous l'admettrez, Maître, est une hypothèse qu'un jury considérerait avec intérêt.

Après une accalmie, on entendit une cacophonie de voix derrière la porte. Intentionnellement, Adam Kovac fit une pause. Son coéquipier en profita pour se lever, l'avocate pour réclamer un tête-à-tête avec son client.

— Plus tard, lui asséna l'enquêteur.

— Ne vous montrez pas grossier, lui rétorqua-t-elle. J'exige…

La suite ne fut pas nécessaire : la porte à peine entrouverte sur Leonard, deux silhouettes fonçaient dans la salle d'interrogatoire comme des boulets de canon.

24

SI, AU MOMENT D'ENTRER, LE LOCAL AVAIT toutes les apparences d'un quart de travail ordinaire – des odeurs de nourriture flottaient dans l'air, des sonneries de téléphone retentissaient et quelqu'un tendait le bras pour répondre –, le responsable de l'unité d'enquêteurs savait que la soirée n'avait de *normales* que les apparences.

Un appel d'urgence le lui avait appris un peu plus tôt, stoppant ainsi le cours *Éthique et déontologie appliquée*, qu'il dispensait à une trentaine d'étudiantes et étudiants. Une petite troupe fidèle qui, chaque jeudi, de 19 à 22 h, tournait bravement le dos à l'éblouissante lumière extérieure, aux nuages vaporeux et aux terrasses à l'ambiance décontractée, au profit d'une salle de classe impersonnelle et étouffante.

À partir du coin-cuisine, où il venait de filer après un regard à la ronde, le capitaine prêta l'oreille aux voix de Lisa Marchal et de Jean-Marie Comtois, qui comparaient leurs notes au retour de leur visite à l'École de criminologie.

– Te rappelles-tu exactement, demandait l'enquêtrice, ce que la profileuse a répondu quand je lui ai dit qu'il m'arrivait de penser au sac Falabella de Sophie, non pas comme à un sac à main ou à un accessoire de mode, mais comme

198 · C<small>LAUDETTE</small> B<small>OUCHER</small>

à « quelqu'un » ? « Quelqu'un », en plus, qui aurait quelque chose à raconter à propos de la mort de sa propriétaire ?

— Dans mon souvenir, répondit son coéquipier, elle a associé ta perception au lien presque fusionnel que Sophie entretenait avec cet objet-là.

Refaisant son apparition dans la salle une tasse à la main, le capitaine voulut savoir si l'un des deux enquêteurs était revenu à la charge sur le sujet auprès de Pierre-Benoît Lemaire.

— Ce qu'il nous a dit, résuma son collaborateur franco-ontarien, c'est que le Falabella avait été acheté au 80, rue de Passy, à Paris, en juin de l'année passée, pour marquer leur deuxième anniversaire de mariage. Il a ajouté qu'il aurait été plus facile de convaincre sa femme de vivre au pain sec et à l'eau pour le reste de ses jours que de la forcer à s'en séparer.

— Bref, rien de neuf sous le soleil, déplora le chef se dirigeant vers Adam Kovac.

Au final, ce fut Leonard qui expliqua comment, se présentant au poste 441, Francine Rondeau avait demandé à voir un officier, soutenant posséder « des informations de la plus haute importance en rapport avec le dossier du *Jardin du petit pont de bois* ».

— C'est Éric qui était là…

Le Gaspésien faisait allusion à leur toute récente recrue que, du regard, son chef chercha dans la salle.

— Dehors, le renseigna son subordonné.

Il porta son pouce et son index à ses lèvres, mimant la cigarette que le petit nouveau, selon son habitude, grillerait jusqu'au filtre.

— En arrivant ici, la *mal-patiente* a commencé son *larmoyage*, reprit Leonard. Elle a dit qu'on n'avait pas le droit de détenir son mari comme on le faisait, avant de foncer, Éric sur les talons, *drette* dans la salle d'interrogatoire…

– Et à quoi se résume l'alibi conjugal ? voulut savoir le capitaine.

– Que son mari est monté à bord du bateau de croisière, qu'il a dit à un des guides, « avant » le départ de la traversée, qu'il n'était pas bien, avant de se *hâvrer* au *B&B* où, là, il aurait passé la soirée avec elle.

Il demeura indifférent, comme les autres, à deux téléphones pris d'une crise conjointe d'hystérie, qui se turent en même temps, sans que personne ne les soulage.

– Quelqu'un a appelé là-bas ? interrogea le capitaine.

Leonard expliqua que la patronne du *B&B Le Champêtre* de Georgeville lui avait indiqué qu'un repas, le 15 juillet, avait été monté à la chambre occupée par les Rondeau. Il ajouta que l'aubergiste avait tenu à préciser que sa fille n'avait pas noté si c'était un plateau pour une ou deux personnes.

– Tant mieux, trancha le chef.

Adam Kovac, qui se tenait les coudes sur les genoux, le menton appuyé sur ses mains réunies, tourna la tête vers son supérieur.

– La réponse de la propriétaire du gîte touristique, justifia celui-ci, est suffisamment vague pour nous permettre d'exiger qu'une personne, autre que l'épouse, corrobore l'alibi.

– En attendant, aux termes de la loi, Yvon Rondeau est un homme libre, soupira son adjoint.

Refermant à présent la porte de son bureau avant de se laisser tomber dans son fauteuil, le capitaine défit pour de bon le nœud de sa cravate rouge. Dans le tumulte des voix en provenance de la salle des enquêteurs, des pensées désordonnées, non reliées, commencèrent à tourbillonner dans sa tête : la lourde fatigue d'Adam, qu'il avait trouvé ce matin-là endormi la tête sur le clavier de son ordinateur ; l'imposante tresse barrant le dos de Laurence Hardy ; la photocopieuse qui ne raterait sûrement pas l'occasion de planter lorsqu'il irait solliciter son aide.

Sans oublier les scénarios noirs auxquels il était difficile d'échapper, à présent qu'Yvon Rondeau s'était coulé dans le trafic.

25

Dans l'espace étroit de sa chambre, les yeux grands ouverts, Eugénie Grondin ne revoyait pas le dernier feu d'artifice clôturant.la Fête du Lac des Nations, mais les circonstances qui lui avaient permis, quelques heures plus tôt, de percer l'épais mystère entourant Manuela et Solena Paya, les deux sans-papiers que la propriétaire du *Jardin du petit pont de bois* avait recueillies.

Au volant de la vieille Dodge Ram d'Irène Roblès, les jambes de sa salopette fourrées dans ses bottes de caoutchouc, poussée par un désir de savoir et un besoin d'agir, prétextant des commissions à faire à Stanstead, à la place elle avait filé vers le Vermont.

Stationnée discrètement à l'abri d'une épaisse rangée d'arbres, elle s'était donné comme mandat de ne rien perdre des abords du bungalow de Mark Duvall, logé, à Derby Line, au creux d'une dépression de terrain donnant l'impression, dans la marmite bouillante du plein jour, de cuire au soleil. Tassée contre la portière, les jambes ankylosées, deux heures lancinantes de guet venaient, pesamment, de s'écouler quand, lunettes noires sur le nez, tatoué, bronzé, encuiré, le *border patrol* avait ouvert à la volée la porte d'entrée de sa maison défraîchie.

Au pas du flâneur, le patrouilleur avait mis, ensuite, une éternité à se hisser à bord de son impressionnant camion à l'aile droite en accordéon, et le double de ce temps à extraire le monstre de l'allée herbeuse où il était garé. Lorsque les feux arrière du 4 x 4 avaient disparu à l'angle de la rue, dégoulinante de sueur, effrayée à l'idée que Duvall puisse se retourner ou regarder dans son rétroviseur, mais pleine d'espoir malgré tout, Eugénie avait enclenché la première vitesse de la fourgonnette, déterminée à faire sien le trajet emprunté par l'imposante Chevrolet Silverado.

Dans l'air lourd et rare, à une vitesse d'escargot (au *Jardin du petit pont de bois*, Eugénie avait appris que, selon la substance ingurgitée, Mark Duvall passait de l'abattement au bouillonnement) avec la complicité des feux de signalisation, elle avait ainsi traversé la petite ville, prenant bien soin de laisser une ou deux voitures la séparer du véhicule du patrouilleur des frontières.

Quelques centaines de mètres après une plate-forme de ciment, sur une rue sans revêtement parsemée de nids-de-poule que l'antique fourgonnette d'Irène Roblès avait accueillis en se plaignant de tous ses ressorts, Mark Duvall avait immobilisé son camion. Après en avoir éteint le moteur et ouvert la portière, il s'était dirigé vers un abri branlant, aux fenêtres, côté sud, bouchées avec du carton retenu par du ruban adhésif. Mal positionnée, Eugénie n'avait pas pu voir au-delà du seuil de porte du taudis faiblement éclairé. Par contre, elle avait eu le temps d'apercevoir une petite tête d'enfant aux cheveux bouclés, abandonnant à la hâte, sur le rebord d'une des ouvertures de la cabane, des jouets estropiés.

Un G.I. Joe décapité, une Barbie unijambiste.

Sur cette image, Eugénie avait regagné Stanstead. Incapable, dans l'ambiance survoltée des préparatifs de la fête prochaine, de balayer de son esprit cette fillette à l'air craintif, sa délicate menotte brune soulevant un rideau effiloché avant de le laisser retomber sur le plus pathétique et plus vieux drame du monde : celui de ces hommes qui font de la souffrance et de l'humiliation infligées aux femmes leur moment d'apothéose.

Si Tomas Saint-Arnaud avait été au *Jardin du petit pont de bois*, ce soir-là (sa confortable neutralité quant au sort réservé aux deux clandestines n'étant plus acceptable), c'est avec lui qu'Eugénie aurait aimé élaborer une stratégie.

Trouve quelque chose à dire à Irène, l'avait-il suppliée, avec un tremblement dans la voix, quelques heures plus tôt, *pour expliquer que je ne serai pas avec vous à la Fête du Lac des Nations.*

Puisqu'il avait décidé de garder le silence sur la véritable raison de son absence, Eugénie soupçonnait un rendez-vous doux mérité par Tomas avec sa belle tête d'ange de don Juan en herbe.

Changeant de position dans le lit, Eugénie prêta l'oreille aux bruits en provenance de la rivière. Inutilement, car les Grands Hérons, leurs cris emplissant le soir, n'étaient plus audibles à cette heure.

C'était Adam qui l'avait renseignée sur les habitudes de ces longs échassiers, solitaires le jour mais grégaires la nuit. Au cours de ces heures qu'ils avaient passées ensemble après l'installation des mangeoires au jardin.

Dans le faible éclairage de la lampe qu'elle venait d'allumer, se faisant la réflexion que les nuits blanches n'ont de blanc que le nom puisque c'est du noir qu'on y broie, Eugénie se redemanda si elle n'avait pas eu tort de n'avoir opposé aucune résistance à Irène Roblès lorsqu'elle lui avait demandé d'éloigner Adam de chez elle.

L'instant suivant, portant à la bouche le restant d'ongle de son pouce, sans réussir à se donner raison d'avoir cédé à sa vieille amie, elle se disait que la différence entre la faiblesse et la force, c'est comme pour tout le reste : le bien, le mal, la vérité, le mensonge…

– Ça dépend du point de vue où on se place, murmura-t-elle.

Au son de sa voix, Peter Piper (un chien exténué, rescapé, quelques jours plus tôt, par Irène Roblès, dans la cour d'une pizzeria) redressa les oreilles, tournant sa tête ronde en direction de la jeune femme. Rencontrant son regard à l'expression humble, Eugénie se demanda si la lueur pleine d'appréhension qui traversa, l'espace d'un instant, les yeux de la bête, était l'expression de ce quelque chose qu'elle-même, dans le noir le plus absolu, commençait à percevoir.

Quelque chose d'indéfinissable et, donc, d'oppressant.

26

POUR ATTEINDRE LE STATIONNEMENT, bordé par un champ vague et une route peu fréquentée, il fallait dépasser un vaste espace à la surface en creux et bosses, menaçant à chaque pas ses talons fragiles. En même temps qu'elle cherchait ses clés à l'intérieur de son sac à main, elle prêtait une oreille attentive aux bruits autour. Lorsque des pas traînants, faisant crisser le gravier, se firent entendre, elle sentit sa respiration s'accélérer.

– Christie, tu vas où ?

Elle ne connaissait pas suffisamment les lieux pour évaluer avec précision la distance la séparant de sa voiture, mais l'arrivée de Mark Duvall fit regretter à Christine Savard de ne pas avoir déjà atteint la relative sécurité que représentait son véhicule. Car si elle avait déjà tiré quelque orgueil du fait que le *border patrol*, avec ses airs de gros macho, ne l'impressionnait pas, l'éclair de folie incendiant, à cet instant, son regard l'inquiétait tout autant que ce visage rouge et congestionné qu'elle lui avait vu, un peu plus tôt, à l'intérieur du bar.

– Où sont les autres ? lui retourna-t-elle.

Elle faisait allusion à une petite bande joyeuse et sympathique à laquelle elle s'était jointe, sur l'invitation du patrouilleur. Quelques heures plus tôt, il avait téléphoné pour lui rappeler sa promesse d'une « mémorable virée », afin de souligner son départ imminent.

– Pas important, lui souffla-t-il au visage de son haleine qui empestait l'alcool, cherchant, en même temps, à l'enlacer par la taille.

Voulant se soustraire à ce début d'étreinte, Christine tenta de le contourner : il lui bloqua le passage. Les doigts puissants comme des serres de Duvall s'imprimant dans sa chair, il la projeta contre le flanc d'une voiture. Cherchant la bouche de la jeune étudiante, presque allongé sur elle, l'une de ses mains s'insinuait entre ses cuisses.

– *I know you like it*, haleta-t-il, se frottant contre elle tandis que dégrafant sa ceinture, ses doigts tâtaient vers sa braguette.

Malgré la poignée d'une portière de voiture lui brisant les reins, Christine réussit à dégager un bras, extrayant ensuite, dessous le torse puissant de son agresseur, sa main qu'elle projeta en avant. Si Mark Duvall parvint, d'un mouvement de tête vif comme l'éclair, à éviter ses ongles acérés, il ne connut pas le même succès avec le coup de genou qu'elle lui administra et qui, l'atteignant durement à l'aine, le força sous la douleur à plier en deux.

Profitant de l'avantage qu'elle venait ainsi d'acquérir, sous la poussée d'une décharge d'adrénaline, Christine s'élança, fonçant vers le bar dont il était permis d'espérer plus de son agitation que de la voiture au fond du *parking*. En peu de temps, son excellente condition physique lui permit de distancer son poursuivant de deux, puis quatre, puis cinq mètres. Toutefois, jointe aux poids et haltères que le patrouilleur soulevait chaque matin, la rage de celui-ci, semblant décupler sa force, marqua la différence.

L'éloigner, la plaquer, l'écarter, la reprendre. Déchaîné, Mark Duvall mettait à présent une telle force haineuse dans son mouvement que, suivant ce rythme dément, la tête de Christine ballottait d'avant en arrière. D'arrière en avant. Du moment précis où il la projeta sur le sol, tortillant des hanches pour baisser son jean, Christine ne devait garder aucun souvenir précis. Pas plus que de l'expression du policier frontalier, installé à califourchon sur elle. Encore moins des abominations et des obscénités qu'il lui lançait en même temps qu'il la labourait de coups. Mais de la puissance de son avant-bras sur sa gorge, elle eut une perception claire et nette, de même que du faible cri qu'elle parvint à pousser et qui fut miraculeusement entendu par le coéquipier de Duvall. Le premier – en fait, le seul – à s'apercevoir que, une fois Christine engagée vers la sortie, Mark, prétextant un crochet vers les urinoirs, n'était jamais repassé par le bar.

Les plus sombres appréhensions du jeune homme entretenues par toutes les cochonneries dont il avait entendu Duvall négocier le prix auprès d'un *dealer* de la place, il courait à toutes jambes, se demandant comment il allait réussir à vaincre la ruse et la force de son collègue, qualifiée au sein de la U.S. Border Patrol – à juste titre – d'herculéenne.

Le tout fut pourtant relativement aisé. Après un coup de pied en pleine poitrine – pas très zen, pas très amical, mais efficace –, le pantalon rabattu sur les cuisses fut l'élément décisif qui lui permit, d'une clé de bras, d'immobiliser son opposant. Appuyant, ensuite, là où ça fait mal, il appliqua son poing de toutes ses forces sur la glotte de Duvall. Lorsqu'il relâcha son emprise, suffoqué, l'autre s'écroula face contre terre.

– Christine ? appela, à cet instant, le jeune *border patrol*. Mark a disjoncté, ce soir. Il n'est pas comme ça, crois-moi, se porta-t-il à la défense de son coéquipier.

À cet instant, sous la médiocre lumière d'un lampadaire, alors qu'elle ramenait sur sa poitrine les lambeaux
de son chemisier, il aperçut le visage meurtri de la jeune
étudiante.

– Christine, reprit-il très doucement, comme si son ton
avait le pouvoir de faire oublier le gâchis de cette nuit qui
ne demandait pourtant qu'à passer. Pardon…

– Va-t'en, lui renvoya-t-elle, serrant les dents pour les
empêcher de claquer.

Sa voix était nette, froide. À l'oreille du *border patrol*,
elle sembla empreinte de colère, certes, mais de peur, non.
La voyant se lever, mal assurée sur ses jambes infinies aux
chevilles fines, malgré cette petite voix intérieure qui lui
soufflait qu'il avait tort, en dépit du doute qui lui traversa
l'esprit, à partir de ce moment, il ne prononça plus un mot.

Fierté, orgueil ou force d'âme, voulut-il se tranquilliser,
elle faisait partie de ces êtres qui parviendront toujours à
poursuivre leur route.

Quitte à enjamber des cimetières.

La suite de la nuit, terrée au fond du loft de sa camarade, Christine Savard la vécut l'œil vissé à un réveil égre-
nant, sur la table de chevet, avec une lenteur infernale,
chaque seconde, chaque minute, chaque heure de cette
interminable veille. Puis, lorsqu'elle cessa de trembler, elle
quitta le lit carré, tout près du sol.

La honte était le sentiment qui prédominait. Honte
d'abord de ce visage que Christine découvrait dans le miroir,
derrière le mascara qui avait coulé. Elle en dénombra les
plaies : une boursouflure à l'œil droit. Presque fermé. Sur
les joues, des hématomes. Bleus. Une coupure, du front
jusqu'à la tempe.

La charge haineuse avec laquelle Mark Duvall l'avait
empoignée par les cheveux, la pression qu'il avait exercée

en tirant sa tête en arrière lui avaient rendu le cuir chevelu tellement sensible que, simplement en l'effleurant, sous ses doigts, Christine sentit se raviver la douleur dans tout son crâne. Au creux de la baignoire, les yeux hermétiquement clos, elle évalua la suite : ses genoux éraflés, ses cuisses écorchées, ses côtes douloureuses.

Sitôt sortie de l'eau, parcourue de frissons, elle fut de nouveau secouée de tremblements. Mais dans la robe de chambre de chenille de sa camarade – son élégant kimono à elle lui paraissant glacial – elle commença à se réchauffer. Les pieds glissés dans une paire de mules de ratine, elle se dirigea vers la cuisine.

Une toute petite pièce, mais charmante. Une dînette dans les tons de vert, de bleu et de rouille, généreusement pourvue d'ouvertures et agrémentée d'un puits de lumière. De la table en forme de goutte d'eau, appuyée à un mur de vieilles briques, Christine avait une vue sur les 5 000 mètres carrés du parc du Domaine-Howard : son boisé centenaire, ses jardins, son étang artificiel et sa fontaine.

Sa tisane étant suffisamment infusée, elle l'amena avec elle au salon. Les stores confondus avec les cadres des fenêtres ne laissant rien filtrer du pâle matin, elle tendit la main vers une lampe. Réduit à sa plus faible intensité, l'éclairage révéla les contours d'un gros coffre en osier en guise de table à café, et la forme d'un canapé flanqué de deux fauteuils aux bras ronds en face desquels, devant un tapis de bambou, se dressait un meuble à étagères rempli de livres.

Repoussant un coussin gris, s'emparant d'un autre rose cendré à froufrous, elle prit place dans un angle du divan. Les jambes repliées sous elle, un reportage lui revint à l'esprit. Se sentant coupables de ce qui leur arrive, se souvenait-elle y avoir entendu, les femmes victimes d'agression – même les plus conscientisées par la question – choisissent d'enfouir au plus profond de leur mémoire les images de leur calvaire et, conséquemment, sont les dernières à parler des actes abominables commis contre elles.

– *Que faisiez-vous là avec lui ? Vous l'avez provoqué. Pourquoi l'avoir suivi si vous n'étiez pas...*

Elle pouvait, à présent, comprendre la raison du silence de ces femmes : le procès de la victime.

Elle prit une gorgée de son infusion. Le mouvement en ouverture du poignet, qu'elle fit pour déposer sa tasse, lui arracha une grimace de douleur.

Foulure, probablement.

Leur chambre, l'instant suivant, à Stéphane et elle, s'imposa à son esprit. Leur chambre douillette et enveloppante, où, après l'amour, au terme de leurs ébats athlétiques, selon l'expression de Steph, il lui arrivait d'avoir cette sensation de muscles douloureux – agréablement douloureux.

Un peu plus tôt, elle avait pensé à lui téléphoner. Mais restait-il encore à l'affairé businessman, à l'ex-mari, au père attentif qu'était Stéphane Faucher, du temps pour elle ?

Après leur glaciale séparation – le ton de Steph devenu polaire à force de se vouloir poli, leurs appels téléphoniques s'achevant sur une incompréhension mutuelle –, que restait-il à espérer de leur couple ?

Et puis, dans les circonstances actuelles, elle lui dirait quoi, si elle réussissait à le joindre, et qu'ils retrouvaient, tous les deux, leur habituel ton mi-tendre, mi-taquin ?

L'innommable, la blessure, on la formule en quels termes ? Avec des mots de tous les jours ? Ceux trouvés, hier encore, vides, tièdes ou superflus ?

Les bras serrés contre la poitrine, ses yeux firent le tour de la pièce.

– J'ai croisé la route d'un gros sale, exprima-t-elle d'une voix brisée qu'elle ne reconnut pas. Un écœurant contre lequel on m'avait mise en garde. Donc, je ne peux même pas faire valoir son incognito pour justifier mon malheur.

Justifier. Le mot la glaça. Se justifier, s'accuser, culpabiliser. Le fait était donc établi ? pensa-t-elle, étouffant un cri de rage. C'était elle, pas *lui*, la responsable de ce qu'elle appelait « gâchis » pour éviter d'avoir à prononcer l'autre mot, le vrai. Le seul capable de lui faire prendre conscience du fossé qu'elle était, depuis quelques heures, en train de creuser entre elle-même et…

– Agression.

Elle prit peur.

« Agressée », dit-elle pour les murs, se massant en même temps le bras gauche, comme pour se convaincre que la douleur venait seulement de là.

Dans le silence, qui n'avait de comparable, dans son accablement, que l'isolement moral et physique de Christine, inerte et épuisée, les poignets coincés entre les genoux, elle gémit. Une plainte brève, faible, qu'il eût été facile de mettre sur le compte de son corps tout en souffrance, si, pour la première fois depuis l'agression, deux larmes n'étaient venues se pointer sous les longs cils alors qu'un visage s'imposait à son esprit.

Un visage généreux et désintéressé.

Celui de Zoé Duchêne, là-bas, à Montréal.

À qui, elle le savait (et c'était là l'origine des larmes), elle tairait, pour toujours, les ingrédients du poison qui coulait désormais dans ses veines.

27

La fenêtre au-dessus de l'évier cadrait un matin gris. Sa chemise flottant par-dessus la ceinture de son pantalon, debout, Adam Kovac laissait, sans s'en rendre compte, se refroidir son café quand le téléphone le sortit de l'inaction.

– Une affaire d'agression…

Adam pouvait entendre distinctement, comme s'il était à ses côtés, les crachotements de la radio de bord de son coéquipier.

– Là, continua ce dernier, je suis *ara* ton appart…

Pleins phares, le regard rivé sur le pare-brise, Leonard achevait, à présent, de communiquer à son collègue les renseignements dont il disposait.

– Près « comment » du *Jardin du petit pont de bois* ? demanda, sur un ton fébrile, Adam.

– Le Centre de protection environnementale.

Le plus proche voisin de la propriété d'Irène Roblès.

– Pas de pièces d'identité ?

– Non.

– Et rien – des jumelles, une tenue sportive – pour expliquer sa présence dans les parages ?

– « Sexe masculin », comme je te l'ai dit, c'est tout ce qu'on sait.

– Et pourquoi, reprit Adam Kovac, la Régie de police de Memphrémagog a-t-elle appelé le Bureau des enquêteurs de Sherbrooke pour une agression comme celle-là commise sur leur territoire ?

– Même mode opératoire, paraît-il, que pour Sophie…

Le pont de bois, annonçant la propriété d'Irène Roblès, se profilant, ce fut cependant avant sa forme en dos d'âne qu'ils s'immobilisèrent alors que véhicules médicaux et voitures de police éclairaient de leur lumière froide un périmètre interdit au public.

– Vous arrivez juste à temps, les accueillit un ambulancier.

Penchés au-dessus d'un visage tailladé, tuméfié et couvert de sang, malgré les écorchures, les coupures et les nombreux hématomes, les deux enquêteurs identifièrent sans mal Yvon Rondeau dans la forme gisant, inerte, sur la civière. Son cou était réduit à une bouillie sanglante. Et, en soulevant la couverture sombre, ils découvrirent l'herbe et la boue souillant le bermuda de jean du sexagénaire. Son vieux t-shirt mauve en loques, quant à lui, livrait de grands pans de chair flasque épouvantablement lacérés. L'homme n'avait plus qu'une seule chaussure en cuir à semelle caoutchoutée alors qu'une substance molle, ressemblant à de la fiente d'oiseaux, adhérait à sa chaussette gauche à rayures.

– Les risques d'une hémorragie interne ne sont pas éliminés, les prévint l'ambulancier.

Le sombre pronostic trouvant son écho dans le sang (coagulé, noir) suintant de la tête de la victime.

– Qui l'a trouvé ?

Adam s'adressait à un agent de la Régie de police de Memphrémagog. En même temps, son regard expérimenté cernait les lieux. Pas de bâtiments à proximité, pas d'arbres : l'assaillant d'Yvon Rondeau avait avancé à découvert.

– L'homme, là-bas…

Casquette, lunettes, chronomètre, l'index du policier en uniforme était pointé vers un individu en conversation avec Lisa Marchal et Jean-Marie Comtois.

– Un informaticien, précisa-t-il. Quelqu'un de bien, de correct. Il vient régulièrement s'entraîner sur le terrain du Centre de protection environnementale. Il achevait son jogging quand il dit avoir entendu des plaintes. Il a d'abord cru que c'était un animal blessé parce que la propriétaire du *Jardin du petit pont de bois*, pas loin, en recueille. Mais plus il avançait, plus les gémissements lui ont semblé d'origine humaine. Pensant qu'il pouvait s'agir des ébats d'un couple, de peur d'être indiscret, l'idée l'a effleuré de rebrousser chemin. Heureusement, il est allé voir.

Adam Kovac hocha la tête pour remercier son collègue avant de se tourner vers son coéquipier.

– Parle au patron. Raconte-lui ce qui se passe ici. Dis-lui qu'à titre de victime, Yvon Rondeau vient de perdre son statut de suspect et que…

Il serra son carnet contre lui et attendit que les hululements de l'ambulance diminuent avant d'ajouter :

– …et que moi, je décroche le titre du champion de la fausse piste.

Face à Yvon Rondeau, reconnaissait-il, quelque part dans un repli de son cerveau, deux convictions avaient pris racine : la certitude d'avoir affaire à un individu manipulateur aux pulsions sordides, et, conséquemment, son indiscutable culpabilité.

« Peur irraisonnée », avait intuitivement deviné son chef, quelques jours plus tôt.

Mesurant la profondeur et l'étendue du désir qu'il avait d'être aimé par Eugénie, n'en revenant pas qu'elle ait su balayer tous ses autres souvenirs, Adam Kovac savait que c'était pour la jeune femme, à l'époque, qu'il avait eu peur. Et qu'aujourd'hui encore, il continuait de craindre.

– La disparition a-t-elle été signalée ? demanda-t-il à Leonard sous le crépitement des flashs des journalistes autour d'eux.

– Pas à ma connaissance.

– Quand tu iras à Fitch Bay – amène Lisa ou Jean-Marie avec toi –, demande à la femme d'Yvon Rondeau ce que son mari trimballe, habituellement, en fait de cartes d'identité, d'argent et de cartes de crédit. Informe-toi également au sujet de son passeport. Et même si on l'a déjà fait, glisse un mot là-dessus à Pierre-Benoît Lemaire pour…

La suite se perdit dans l'assaut que lancèrent dans leur direction les représentants de la presse. Leur abandonnant son collègue, Jean-Marie Comtois à ses côtés, Leonard franchit la distance séparant Stanstead de Fitch Bay à une vitesse passablement au-dessus de la limite autorisée, mais gyrophares éteints – par égard pour ce petit matin qui avait reçu son quota de bruit et de fureur.

Au moment où le poing du policier s'apprêtait à frapper une autre fois le bois de la porte de la maisonnette des Rondeau, quelqu'un l'ouvrit brusquement.

– Tu peux me dire…

Dans son survêtement de sport bleu pâle, Francine Rondeau laissa sa phrase en suspens alors que, par une mystérieuse transmission de pensées, elle sembla pressentir la suite. Et, comme si elle voulait fuir les images qui s'imposaient à son esprit, tout son corps parut se ramasser sur lui-même, tandis que dans ses pantoufles de feutre brun trop grandes, ses pieds, au même moment, esquissaient un pas de côté qui ne fut suivi, toutefois, d'aucun autre.

– Yvon, fit-elle, dans un murmure.

Le rouge que la colère avait pompé jusqu'à son visage se retirant, ses joues étaient, à présent, d'une extrême pâleur.

– Il est arrivé quelque chose à Yvon, appréhenda-t-elle en s'écartant pour laisser entrer les policiers.

– Il est blessé, confirma Leonard.

Sans minimiser la gravité de la situation, il réduisit au strict minimum la description de la scène de crime que ses collègues et lui avaient observée un peu plus tôt.

– Qui a fait ça ? réussit-elle à articuler.

– On ne le sait pas, admit Leonard.

Francine enfouit son visage dans ses mains. Lorsqu'elle leva la tête, Jean-Marie Comtois lui tendait un Kleenex. Elle se moucha, se tamponna les yeux et, avec les doigts, remit de l'ordre dans ses cheveux avant d'expliquer qu'elle devait se rendre au chevet de son mari.

– Pas avant d'avoir pris le temps de vous remettre, recommanda le Gaspésien.

– Mais Yvon…

– …n'est probablement même pas encore arrivé à l'hôpital.

– Mais quand il sera là…

– On a demandé qu'on nous avertisse.

Ces paroles paraissant la tranquilliser, contournant un amoncellement de valises et de sacs de voyage, Francine se laissa guider jusqu'à un fauteuil.

– Quand on est arrivés, demanda Leonard, vous avez cru que c'était votre mari qui rentrait ?

– Oui. Il est parti quand il ne faisait pas encore jour et… il a dormi dans un fauteuil et moi… moi dans la chambre. On s'était… On s'était chicanés. Ce n'est pas nouveau… Déjà, quand il était à l'emploi…

Elle eut un sourire forcé.

« Évidemment, vous savez qu'Yvon a été prof de langues au Collège Cléophas-Claveau de Chicoutimi. »

Le tronc penché en avant, assis en face d'elle sur une table basse, Leonard fit signe que oui avec la tête.

« Je pense que c'est le lendemain de ce jour-là, le lendemain du premier jour de sa retraite, qu'on a décidé de repartir à zéro, relata-t-elle d'une voix égale, son moment d'émotion précédent apparemment dominé. S'il le fallait, on était prêts à quitter le Saguenay, le Québec même. On est des nomades de nature et... Mais tout de suite en arrivant en Estrie, les choses se sont encore une fois gâtées... »

Sous le goutte-à-goutte lent et monotone d'un robinet défectueux :

« Avant les photos qu'il a prises de Sophie Plourde, j'ai... Au Collège, déjà, mon mari avait cette... cette habitude. Il me disait que c'était des photos d'étudiantes qu'il appréciait particulièrement... Lorsqu'elles auraient quitté Cléophas-Claveau, il lui resterait ces souvenirs d'elles... C'est ce qu'il me disait... En maillot, en short, en camisole... Des tonnes de photos... Toutes... Toujours prises, j'imagine, à l'insu des filles... J'en trouvais partout : dans les poches de ses vêtements, dans les tiroirs de sa table de nuit, dans la boîte à gants de notre voiture... »

Elle remercia Jean-Marie Comtois qui lui tendait une tasse fumante qu'elle entoura de ses mains.

« Je voyais bien qu'il leur portait... beaucoup d'attention. Qu'il était, en quelque sorte... Il était séduit. Je me disais que c'était... »

Elle jeta un regard sur sa tasse, s'abandonnant un instant à la contemplation du café qui répandait sa bonne odeur.

« C'était prévisible : elles étaient tellement... tellement fraîches... »

Vu l'expression qui traversa son visage de pleine lune, il fut facile, à ce moment, pour ses deux interlocuteurs de comprendre que son orgueil de femme saignait encore de la trahison.

– Et puis j'essayais de me raisonner en me disant : « Voyons, Francine, la différence avec les hommes qui achètent des *Playboy*, des… »

Elle observa encore une courte pause avant d'expliquer : « La première fois où j'ai surpris Yvon qui se… »

Elle fit un geste vague et nerveux de la main en direction de son bas-ventre.

« Il regardait une fille… avec les jumelles… En voyant… En le voyant se… toucher comme ça, ma raison a été… Son geste aurait pourtant dû me secouer, me pousser à parler, l'amener, lui, à s'exprimer. Il aurait fallu, tous les deux, nous expliquer. Mais… Mais… »

À plusieurs reprises, elle tenta de parler, les larmes l'en empêchant.

« En refusant de savoir, fut-elle enfin capable de formuler tandis que ses mains glacées restaient emprisonnées dans celles de Leonard, on s'est condamnés. Mais j'avais… J'avais tellement honte. Honte pour moi, pour lui, honte pour nous deux. Et puis, je me sentais tellement… Je me sentais tellement coupable… Du vide de notre vie, de la pauvreté de nos échanges… J'ai eu honte mais… »

Sa voix devenant soudain lasse et basse : « Mais mon silence, comme tous les silences coupables, n'a rien pu empêcher, pas vrai ? »

Du cadre de porte où il s'était tenu pour une grande partie de l'entretien, Jean-Marie Comtois se tourna en direction de son collègue. Le regard qu'ils échangèrent semblait dire : *la réponse est si consternante qu'elle se passe de commentaires, non ?*

28

À partir de données fournies par son épouse, il fut aisé, pour les heures précédant l'agression d'Yvon Rondeau, de reconstituer son emploi du temps. Après avoir quitté le poste de police, muni de l'alibi conjugal, en compagnie de sa femme, il était retourné à Fitch Bay. À compter de 19 h, cependant, le couple s'était séparé : elle, pour arpenter les alentours de leur unité de vacances ; lui, prétextant quelques emplettes à faire du côté de Stanstead.

Un commis à la caisse d'un poste d'essence reconnut, dans la photo du touriste que les policiers lui montrèrent, ce client qui, une fois la facture réglée, avait bu un café, debout, en solitaire.

En face de la station-service Petro-Canada, dans un bâtiment lugubre, repaire des amateurs de machines à sous, les enquêteurs purent établir la suite. Assis au fond de la salle, Yvon Rondeau y avait siroté une bière. Toutefois, en raison du va-et-vient de la clientèle, le personnel ne put confirmer que l'homme avait toujours été seul. Les employés ne furent pas non plus en mesure de renseigner les policiers sur l'heure à laquelle le client avait quitté l'établissement, ni avec qui.

Il était, à présent, pas loin de 16 h et par-dessus le bruit régulier des conversations, il y avait celui des cannettes de boissons gazeuses que Leonard empilait dans un sac avec l'intention de les amener au recyclage.

– Et on sait ce qu'Yvon Rondeau, au petit matin, est allé faire au Centre de protection environnementale ? s'informa une voix de violoncelle.

Celle appartenant au petit nouveau.

– D'abord, répondit l'enquêtrice, j'ai pensé qu'il était peut-être un amateur du lever du jour, mais après ce que m'a dit le barman qui lui a servi sa Coors Light hier, j'ai des doutes.

– Comment ça ?

Se saisissant du thé vert que lui allongeait Éric Chouinard, Lisa Marchal prit conscience que, plutôt que de s'adresser à leur toute nouvelle recrue, c'était Jean-Marie Comtois qu'elle regardait – lui-même se dévissant le cou dans sa direction.

– Il semblerait, continua-t-elle, qu'il aurait demandé – comme il comptait repartir dans quelques jours – le meilleur endroit pour avoir un panorama sur l'ensemble de la vallée. L'employé lui aurait répondu qu'en plus d'offrir une vue magnifique, le belvédère du Centre de protection environnementale, en raison du nombre grandissant d'amoureux qui le fréquentent, se révèle une « véritable réserve nationale de sensualité ». Et comme on connaît…

Allongeant le bras pour répondre à un téléphone qui sonnait, le responsable de l'unité des enquêteurs rata la suite.

Yvon Rondeau, lui communiqua à l'autre bout du fil la responsable du département de neurologie du CHUS, venait de reprendre connaissance. Grâce au diazépam qu'on lui administrait, ses périodes comateuses étant de plus en plus souvent entrecoupées de moments de lucidité, elle avait décidé d'en aviser le Central de police.

Traverser en un temps record la ville et parcourir le hall du Centre hospitalier au pas de course justifièrent le « Vous avez fait vite ! » par lequel une infirmière accueillit les deux policiers.

– C'est le cortex cérébral qui est atteint plutôt que le thalamus, expliquait-elle à présent. C'est bon signe : la convalescence va être plus facile. Mais ça ne l'empêchera pas d'être longue, parce que les coups ont déclenché une hémorragie cérébrale qui a grandement affecté la motricité de monsieur Rondeau.

Elle ajouta que la violence de l'assaut et la féroce défense que son patient avait opposée à son agresseur lui valaient, notamment, de sérieuses blessures principalement logées à la tête et au cou.

La bonne nouvelle étant que le centre de la parole n'était pas atteint.

– Sa femme est à ses côtés ?

– Le médecin l'a forcée à aller se reposer, répondit l'infirmière avant d'annoncer à son patient l'arrivée de deux visiteurs.

Les premières questions des policiers portèrent sur les cartes de crédit, l'argent liquide et les pièces d'identité que le touriste aurait pu avoir en sa possession, ce matin-là.

Yvon Rondeau se souvenait que, la veille, au moment de régler le prix de sa Coors Light à l'établissement de jeux, il avait extrait un chèque de voyage et son passeport de la poche arrière de son bermuda. Un vêtement qu'il portait encore au moment de se rendre au Centre de protection environnementale.

– Et mon passeport... mon passeport était toujours dans ma poche ce matin.

— Vous en êtes sûr ? insista Adam Kovac.

— Certain, répondit Yvon Rondeau, sa voix réduite à un chuchotis.

Au rappel de l'absence de pièces d'identité d'Yvon Rondeau au moment d'être découvert, gisant sur le terrain du Centre de protection environnementale, un même étonnement et une inquiétude similaire traversèrent le regard des enquêteurs.

— Votre agresseur...

S'appropriant une chaise, Adam l'approcha tout près du lit encerclé par un dispositif électronique impressionnant.

— Qu'est-ce que vous vous rappelez de lui ?

— Tout s'est passé vite... Tellement vite.

La tête renversée sur les oreillers, il évoqua un homme cagoulé. Quant à l'arme, il la compara à un éclair de feu. Le sifflement d'une vipère. Il gardait également le souvenir d'une voix l'interpellant, non seulement par son nom, mais par son titre – docteur – en lui demandant si tout allait bien.

— En quelle langue ? demanda Adam Kovac pendant que Jean-Marie Comtois s'éclipsait, le cellulaire collé à l'oreille.

— Pourrais pas dire, déclara Yvon Rondeau sous le chuintement de la poire en caoutchouc actionnée par l'infirmière. Mais je sais que je me sentais en confiance.

Polyglotte, il parlait quatre langues...

— Mais en allemand, en espagnol et... et même en anglais que j'ai enseigné pendant 34 ans...

Il marqua une pause pour reprendre son souffle, la garde-malade en profitant pour lui glisser un thermomètre sous le bras.

— Ça n'aurait jamais été comme en français...

— Sa voix ?

– Correcte… Même… Même quand il s'est mis à… à me…

Il porta l'une de ses mains bandées à sa tête souffrante, et il ne resta alors plus rien d'humain sur son visage enflé, tuméfié, qu'une expression d'intense et profonde détresse.

– Un coup, décrivit-il la scène, un coup n'attendait pas l'autre…

– Il vous frappait…

– Tout le temps.

– …avec quoi ?

– Chaussures, articula-t-il difficilement. Pro… Vraiment propres…

– Élégantes ?

– Non. Plutôt robustes… noires… Le soleil…

La suite se perdit en un méli-mélo de langues avant que, vaincu par l'effort, le sexagénaire ne s'effondre contre ses oreillers.

De son collègue qu'il alla rejoindre dans le couloir, Adam Kovac apprit que Pierre-Benoît Lemaire ayant, quelques minutes plus tôt, enfin trouvé une antenne-relais, Jean-Marie Comtois venait de s'entretenir avec lui au téléphone.

– À notre question, récapitula celui-ci, en rapport avec les cartes de crédit et l'argent liquide que lui ou Sophie trimballaient, et qui auraient pu allumer la convoitise de quelqu'un, la réponse est nette : le strict minimum au cours de leurs déplacements. Quant aux passeports, il m'a répété ce qu'il vous a mentionné au début de l'enquête, c'est-à-dire qu'à l'étranger, ils étaient déposés dans le coffre-fort de l'hôtel si l'endroit en avait un. Au *Jardin du petit pont de bois* – ça vaut pour le soir du crime –, il les a retrouvés dans leur *cabin*, fermée à clé, cachés à l'intérieur d'un toutou, élu mascotte par le couple. Donc, jusque-là, aucun problème. Sauf…

Sans pause et sans reprendre son souffle :

– Dix juillet – soit plus ou moins 24 heures depuis qu'ils sont installés chez Irène Roblès. Ils s'apprêtent à partir, lui et Sophie, pour une prise de vue nocturne. Il tend donc à sa femme, qui s'occupait de l'organisation matérielle de leur association, tout le contenu de ses poches. De mémoire – parce que le lot change rarement –, il a cité ses lunettes, un sac de pastilles contre la toux, des mouchoirs, du Purell et, comme ils se déplaçaient du côté américain, leurs passeports. Le tout venait donc d'être engouffré dans le sac Falabella de Sophie quand quelqu'un, à partir de ce que Lemaire situerait comme le poulailler d'Irène Roblès, leur a crié : « Vous connaissez le moyen de doper le Q.I. d'un mec ? » La même voix a ajouté : « Suffit de l'équiper d'un sac à main. »

Se frayant, comme son collègue, un passage à travers les groupes de visiteurs, Adam Kovac demanda ce que Pierre-Benoît Lemaire se rappelait de ce « quelqu'un ».

– Une voix masculine. À part ça, comme il faisait noir, il n'a pas pu voir grand-chose, excepté « un truc gris argenté, phosphorescent » …

Une image s'imposa, à cet instant, à l'esprit d'Adam Kovac ; et avec l'étrange impression de parler de très loin, et de ne même pas reconnaître sa voix, il laissa tomber :

– Genre bande réfléchissante...

Parvenus à leur voiture, ils découvrirent que les experts de la section Imagerie et Informatique du Laboratoire de sciences judiciaires et de médecine légale du ministère de la Sécurité publique faisaient connaître les résultats de leurs analyses : le vrombissement entendu sur la bande-son tournée, le 15 juillet, au *Jardin du petit pont de bois* appartenait à un véhicule terrestre motorisé mis en marche à l'aide du démarreur manuel, plutôt qu'avec la clé de contact. Resté sur place neuf secondes, il s'était, par la suite, éloigné à faible vitesse.

– « *Il y a tout lieu de croire* », lut à haute voix Adam Kovac, les mots sautillant devant ses yeux, « *que le véhicule appartient à la catégorie moto de route : non pas un modèle haute performance, telle une Harley, mais un motocycle léger, de type mobylette* ».

Consultée, la banque de données de l'organisme chargé de l'enregistrement des véhicules confirma que Tomas Saint-Arnaud, en plus d'une Kawasaki ZZR 600, possédait un cyclomoteur Jazz.

Un « tape-cul » fabriqué par Honda et doté d'un moteur quatre temps de 49 cm^3.

29

Muni d'un mandat d'arrestation, le revolver sorti de son étui, Adam Kovac ébranla le panneau de bois avec son épaule, achevant le travail d'un coup de pied à plat à la hauteur de la serrure.

Le premier, il pénétra dans une pièce vide, basse de plafond.

Donnant l'impression d'une cave, l'atmosphère, dès le seuil, était étouffante. Après avoir enjambé un tas de vêtements jetés sur le sol, il se dirigea vers la seule chambre à coucher de la place. Là comme ailleurs, la pagaille régnait : des tasses remplies de café refroidi, dans des soucoupes pleines de mégots de cigarettes, encerclaient une lampe à l'abat-jour jauni, tandis qu'un capharnaüm de CD et de DVD avaient été abandonnés, jetés à terre, à côté d'un lit au matelas mince comme une galette.

– La Kawa, annonça à partir du seuil Jean-Marie Comtois, semble avoir marqué la mémoire collective des voisins en raison de son silencieux modifié, mais le scooter Jazz n'aurait pas été vu dans les parages depuis un bon moment, ajouta-t-il, saisi une autre fois par le trouble qu'exprimait le visage d'Adam plus blanc que sa chemise (d'un blanc pourtant publicitaire).

Déjà, en quittant le CHUS, il avait été frappé par les mains de son partenaire crispées sur le volant alors que, sirènes hurlantes, au mépris de toute prudence, il n'avait cessé de doubler à grande vitesse.

– Adam ? l'appela Jean-Marie Comtois.

À ce moment, curieusement, le Franco-Ontarien n'arrivait même plus à discerner les contours de la barrière – culturelle ? générationnelle ? – qui avait tant gêné ses rapports avec son jeune collègue.

– Qu'est-ce qui te vire à l'envers de même ?

– L'assistante d'Irène Roblès, Eugénie... Eugénie Grondin... Elle et Tomas Saint-Arnaud sont amis.

– Et tu as peur pour elle.

Jean-Marie Comtois s'était exprimé sur un ton d'une extrême douceur et d'une manière quasi paternelle.

– Adam, Jean-Marie ! les héla, à cet instant, une voix, à partir de la cuisine.

Tournant le dos à trois chaises dissemblables, Lisa Marchal, les mains gantées de latex, avait placé sur une table pliante, extraits d'un sac de sport, une cagoule, un pantalon de compression et une veste Gore-Tex ornée d'une bande de tissu réfléchissant de couleur argent. Taché de marques sombres, le tout encerclait un flacon de 500 ml de cire d'abeille – la potion magique des belles chaussures Doc Martens en peau de buffle de Tomas Saint-Arnaud.

L'enquêtrice se chargeant d'amener le tout au laboratoire pour qu'on l'examine le plus rapidement possible, pendant ce temps, sur les ondes de la radio de bord de leur voiture, ses deux collègues écoutèrent le responsable de l'unité des enquêteurs leur fournir les résultats des recherches qu'il avait effectuées.

– Derrière les issues bouchées du stand de souvenirs, pas plus de Saint-Arnaud que de couteau, leur apprit-il. Mais la vendeuse de frites, sa voisine, nous a mentionné qu'à cette période de l'année, aux heures creuses, comme on met à sa disposition l'écran du cinéma Météore de Stanstead – où je suis actuellement –, il s'y rend régulièrement.

La question qui lui brûlait les lèvres (« Seul ? »), Adam Kovac la garda pour lui, mais une fois parvenu à la hauteur du cinéma Météore, il s'éjecta de la voiture comme si elle était en flammes.

– Adam ! l'interpella son chef, accélérant le pas, alors que des policiers s'écartaient pour le laisser passer.

Seule la main de son supérieur sur son épaule stoppa l'élan de l'enquêteur.

« Je viens de parler avec un copain de Saint-Arnaud… Celui-là, là-bas… »

Son pouce montrait un jeune homme. Même gabarit élancé, même allure décontractée : Adam Kovac crut, l'espace d'un instant, être en présence de Tomas Saint-Arnaud.

– Projectionniste ici, l'informa le capitaine, il vient de confirmer que le jeune n'est pas seul à l'intérieur. Il connaît le nom de la fille qui pourrait être avec lui. On va appeler chez elle.

– Il n'y aura pas de réponse, laissa tomber Adam Kovac s'exprimant de nouveau de cette voix qui lui donnait l'impression de parler comme quelqu'un qui aurait bu.

– Il faudrait donc y expédier…

– Ça ne donnera rien.

Le capitaine se tourna avec intérêt vers son second.

– C'est vrai, l'assistante d'Irène Roblès, tu la…

Avant que son capitaine n'ait le temps d'achever sa phrase, Adam Kovac reprenait sa marche désespérée en direction du bâtiment du cinéma.

« Adam, en ramant tout seul de ton côté, l'avertit son chef, c'est le naufrage collectif assuré. »

Masquant son agitation sous un air calme :

« C'est ça que tu veux pour elle ? »

Vaincu par la valeur de l'argument, le visage dur et toujours très pâle, Adam baissa la tête. Au même moment, par le biais de son casque audio, son supérieur recevait l'information que les alentours sécurisés, les forces policières positionnées, le bâtiment abritant le cinéma Météore était désormais encerclé.

La totalité des troupes qui allait être engagée dans l'action le serait sous le commandement de la responsable des forces de l'ordre de la Régie de police de Memphrémagog dont Stanstead relevait.

— Comment se présentent les choses, Sandra ? s'informa le responsable de l'unité des enquêteurs.

Installées à des angles stratégiques, deux caméras miniatures transmettraient, à l'ordinateur de bord de la responsable de la RPM, des images du bâtiment du Météore. Le premier appareil offrait une vue directe sur l'avant du cinéma, tandis que l'œil du second cadrait un mur défraîchi, percé d'une lourde porte grise, disposée, celle-là, à l'arrière de la bâtisse, là où s'élevait un étroit escalier de secours.

— En bon état ? demanda le capitaine.

— L'escalier ? À vue de nez, je dirais non, déclara l'officier. Mais pour m'en assurer, je vais demander qu'on y expédie quelqu'un.

À la caméra, Sandra Fraser reconnut aisément, à sa silhouette d'allumette, l'agent désigné pour la mission. Ce n'était pas celui auquel elle aurait confié une responsabilité (Jérémy Barrette avait le degré de concentration d'un chiot labrador de huit mois), mais elle comprenait le choix fait par son bras droit : dans des circonstances comme celles-là, nerveux comme un lion en cage, il valait mieux l'occuper.

– D'après le pouce de mon gars abaissé vers le sol, je dirais que les jours de cet escalier-là sont comptés, pronostiqua-t-elle au micro, faisant effectuer, à cet instant, un zoom arrière à sa caméra, ce qui lui permit de se féliciter, une fois de plus, de l'ordre régnant au sein de ses troupes.

Si l'on exceptait les cheveux blanchis par les ans de son bras droit, il s'agissait d'une unité dans les rangs de laquelle la moyenne d'âge n'excédait pas 30 ans. Ce qui ne l'empêchait pas d'être constituée d'éléments doués, disponibles et zélés, apprécia-t-elle en même temps qu'elle suivait la trajectoire de l'index tendu en avant d'un de ses subordonnés passant, à la hâte, ses jumelles à sa voisine.

Une nanoseconde plus tard, par le biais de leur oreillette, plus personne ne pouvait désormais ignorer que cette tête brûlée de Jérémy Barrette venait de s'engager dans l'ascension de l'escalier de secours du Météore.

∾

Se faufiler par une des fenêtres en lucarne du toit en pente du Météore fut tout aussi facile pour Jérémy Barrette que son atterrissage en douceur dans un endroit affectionné par des pigeons roucoulant quelque part sur sa gauche.

Avançant prudemment, il découvrait à présent, au fur et à mesure de sa marche silencieuse dans le noir, une pièce délabrée et surdimensionnée. Parvenu à une porte, qui ne lui opposa aucune résistance, il remonta, avec des regards autour de lui à 360 degrés, un mince et sombre couloir. Doucement, ensuite, il ouvrit, coopérative et silencieuse comme la première, une porte qui lui permit de pénétrer dans la cabine de projection du cinéma. Une pièce carrée, bruyante et surchauffée.

Avec, dans son dos, la lumière blanche d'un appareil passant, en bas, un film monochrome, le policier connut un moment de vertige auquel s'ajouta le sentiment d'être le premier homme à disposer, en lieu et place de ce gros muscle qui lui pompait le sang jusqu'aux tempes, d'un ballon gonflable prêt à éclater.

∾

Dans le soir déjà bien installé, les alentours de la bâtisse abritant le cinéma Météore se réduisaient à un quadrilatère privé de toute activité, difficile à mettre seulement sur le compte de cette fin de jour quand on apercevait, lourdement armés, des policiers que des projecteurs, rapidement installés, éclairaient.

Rompant un silence pesant, le débit monotone d'un répartiteur se fit entendre.

– Les ambulances sont prévenues, annonça la capitaine Sandra Fraser, levant les yeux du plan intérieur du cinéma déployé devant elle. Et les maisons autour évacuées.

Ordonné par le commandant de la police, malgré la présence confirmée d'Eugénie Grondin et celle de Jérémy Barrette à l'intérieur du bâtiment, et en dépit du fait qu'on ignorait tout des intentions du présumé assassin, l'assaut de la salle de cinéma venait d'être décidé.

– Tout est prêt, conclut la gradée, son visage resté de glace depuis que l'un de ses hommes s'était transformé en électron libre.

∾

Tout à fait au bout de la rangée, au-dessus des dossiers rouges capitonnés, Jérémy Barrette, maintenant que son regard s'était habitué à la demi-pénombre du lieu, distinguait nettement un bonnet tricoté ne réussissant pas à contenir une folie de boucles incontrôlables. À la gauche du garçon, il pouvait aussi apercevoir une paire étroite, et très droite, d'épaules, appartenant, celles-là, à la fille.

La sueur aux tempes, Jérémy Barrette ouvrit grands les yeux, plissant, un instant plus tard, les paupières.

Il avait, à ce moment, le dos de Tomas Saint-Arnaud dans son viseur.

∾

Chacun des membres du commando avançait dans le noir de la salle, les pas couverts par la musique d'un piano mécanique que des haut-parleurs, de chaque côté d'une rangée de sièges, égrenaient en notes mélancoliques.

Sous son gilet pare-balles, Adam Kovac sentait son cœur battre comme un fou. Parfois si vite et si fort qu'il lui donnait l'impression de vouloir accélérer son mouvement, pressé qu'il était de plonger dans l'action afin de rompre l'infernale attente. Toutefois, l'esprit aussi lucide et froid que possible, la tension désespérée qui, un peu plus tôt, l'avait habité, avait tout à fait disparu.

– Prêts ? demanda très bas la capitaine Fraser.

Transpirant abondamment (il pouvait, sous son équipement de protection, sentir la sueur couler dans son dos et inonder ses aisselles), plaqué contre le mur, Jean-Marie Comtois unit sa voix à celles des autres visages graves et concentrés qui l'entouraient.

– Prêts, cheffe, répondit-il doucement.

L'index crispé sur la queue de détente de son arme levée vers le plafond, le responsable de l'unité des enquêteurs s'apprêtait à lancer les mises en garde « Police, police » quand un bruit formidable, amplifié par le vide du local, retentit, semblant ne jamais prendre fin.

En tout, il y eut deux détonations. Ensuite, mêlés aux hurlements des sirènes dehors, claquements de chaussures, mises en garde, cris.

Courant, trébuchant, bousculant l'un, poussant l'autre de l'épaule, Adam Kovac atteignit le premier le milieu de la salle.

« Eugénie », n'avait-il cessé de répéter, tout au long de son interminable calvaire.

La sueur dégoulinant de son visage et semblant suinter de son cuir chevelu, l'inquiétude lui mettant les larmes aux yeux, il l'aperçut enfin. Sa main glissée dans les boucles – blondes, tellement blondes – de Tomas Saint-Arnaud, elle répétait, sur un ton très doux, le prénom du pantin désarticulé dont la tête gisait sur ses cuisses rouges de sang.

30

Alors que la mort de Tomas Saint-Arnaud avait cessé d'intéresser les tabloïds, les policiers procédèrent au démantèlement de l'organisation criminelle au sein de laquelle il avait été recruté. Nécessitant 22 perquisitions, l'opération allait mettre au jour une fraude de faux passeports ayant des ramifications jusqu'en Thaïlande.

À Stanstead, dans un hangar attenant au Météore, le lendemain de l'assaut donné contre le cinéma, les enquêteurs mirent la main sur un scooter Honda, de même qu'un couteau Revolver Hunter acéré comme un scalpel, et, sous une grosse toile, une pince à cheveux que des tests d'ADN associèrent à Sophie Plourde.

Vérifié de nouveau, on put également établir que, dans le créneau horaire où Sophie Plourde avait été assassinée, Tomas Saint-Arnaud s'était fait remplacer à son kiosque de souvenirs par son ami projectionniste. Silhouettes semblables, look identique : tout comme Adam Kovac avant l'intervention déclenchée au cinéma, la marchande de frites et de hot-dogs, qui avait prétendu avoir vu le jeune homme à son commerce jusque tard dans la nuit du 15 juillet, avait confondu les deux garçons.

Régulièrement au cours des jours suivant la mort du jeune Saint-Arnaud, aux bulletins de nouvelles des chaînes de télévision locales, l'étroit visage aux longs cils très pâles de Jérémy Barrette faisait son apparition. Pour justifier son intervention à l'intérieur du Météore, il avançait qu'il avait craint « qu'au cours de l'opération, le meurtrier se serve de la fille comme bouclier ».

– Le héros d'une prise d'otage qu'il a fait avorter, ironisa le responsable du Bureau des enquêteurs.

Au même moment, il s'emparait de la valise de Jean-Marie Comtois.

– Merci, Carl, lui retourna celui-ci appliqué à former, en lettres rondes, un mot – amical, mais sans couleur – destiné à Lisa Marchal.

Existait-il, avait-il longtemps débattu avec lui-même, une autre manière (honorable) de se quitter ?

Plus tard, ils croisèrent Adam Kovac au volant de sa Jeep Cherokee, le visage figé, avec l'air qu'on lui voyait depuis des jours – pas du tout heureux.

Il ne les vit même pas. Sur le pilotage automatique, ce ne fut que des kilomètres plus loin, seulement une fois descendu de son véhicule, qu'il prit conscience de ce qui l'entourait.

Le souffle, le frémissement de l'air.

La pression du soleil plaquant ses vêtements sur sa peau.

Et puis, quand il rouvrit les yeux, dans la lumière vive du dehors, sa présence.

– Tu vas avoir été, du début à la fin, pour la maman et sa fillette, leur bonne fée.

Plus tard, il allait se rappeler qu'il ne l'avait pas saluée, qu'il ne s'était pas informé de son état d'esprit, qu'il n'avait seulement pas prononcé son prénom.

– Parce que c'est toi qui t'es rendue à la bibliothèque Haskell de Stanstead, c'est toi qui as fouillé Internet pendant des heures, et c'est encore toi qui as parlé d'elles aux religieux de Tepeyac [5] qui vont aider Manuela et Solena Paya à s'établir en toute légalité dans un autre État que le Vermont.

Enroulée autour de son cou gracile, l'écharpe sombre, autant que la frange coupée haut sur le front, accentuait encore la fatigue sur le visage aminci d'Eugénie Grondin.

– Il t'a fallu beaucoup de courage, la félicita-t-il.

– Beaucoup de chance surtout, minimisa-t-elle avec le début d'un sourire, tendant le bras (Adam ayant le même réflexe) afin de prévenir la chute de la vieille bicyclette d'Irène Roblès appuyée contre un mur du *Café de la gare*.

Et tandis que, dans un fouillis de doigts, leurs mains s'entremêlaient, celles de Christine Savard, à quelques dizaines de kilomètres à vol d'oiseau plus loin, refermaient *La Tribune* où la jeune étudiante avait espéré lire un article en rapport avec l'événement qui avait, à jamais, broyé sa vie. L'impossibilité de l'y voir évoquer, en raison de l'effroyable silence qu'elle observait sur le sujet, rendant encore plus obsédant un certain visage qu'elle ne cessait – quand elle arrêtait de bouger, de penser, de courir ou de fuir – de haïr.

Suivant un plan bien établi, elle prévoyait, à présent que ses bagages étaient bouclés, prendre un vol pour Phoenix, puis, à partir de l'Arizona, filer vers le Mexique.

Pendant que sa pensée se projetait vers son point de chute – Puerto Peñasco – dont elle attendait, bien plus que l'action, l'oubli, au *Jardin du petit pont de bois*, par

5 Organisation d'aide aux clandestins hispaniques, 38 West 38th Street, New York, NY : www.tepeyac.org ; urgencias@tepeyac.org

l'échappée d'un entremêlement de branches, alors qu'une lumière blonde descendait jusqu'à elle, Irène Roblès franchissait l'entrée du jardin.

L'endroit étant pour elle le lieu de tous les possibles, c'était là, et cela depuis longtemps, qu'elle donnait rendez-vous à ses disparus. Réceptive aux appels muets de ces êtres qui, sans cette seconde vie que leur assure notre mémoire, sont condamnés à mourir deux fois.

Table des matières

Les Éditions L'Interligne
435, rue Donald, bureau 117
Ottawa (Ontario) K1K 4X5
Tél. : 613 748-0850/Téléc. : 613 748-0852
Adresse courriel : communication@interligne.ca
www.interligne.ca

Directeur de collection : Michel-Rémi Lafond

Œuvre de la page couverture : Shutterstock
Graphisme : Guillaume Morin
Révision et corrections : Jacques Côté
Distribution : Diffusion Prologue inc.

Les Éditions L'Interligne bénéficient de l'appui financier du Conseil des
arts du Canada, de la Ville d'Ottawa, du Conseil des arts de l'Ontario et
de la Fondation Trillium de l'Ontario. Nous reconnaissons l'aide financière
du gouvernement du Canada par l'entremise du Fonds du livre du Canada
(FLC) pour nos activités d'édition.

Les Éditions L'Interligne sont membres du Regroupement des éditeurs
canadiens-français (RECF).

MARQUIS

Québec, Canada

RECYCLÉ
Papier fait à partir
de matériaux recyclés
FSC® C103567

Imprimé sur du Rolland Enviro,
contenant 100% de fibres postconsommation,
fabriqué à partir d'énergie biogaz et certifié FSC®,
ÉCOLOGO, Procédé sans chlore et Garant des forêts intactes.

Ce livre est publié aux Éditions L'Interligne à Ottawa (Ontario), Canada. Il est composé en caractères Adobe Caslon Pro, corps douze, et a été achevé d'imprimer sur du papier Enviro 100% recyclé par les presses de Marquis (Québec), 2017.